A. SANO
M. SAKURA
処女ビッチだらけのテニス部合宿!
アタシが処女だって証拠がドコにあんのよ!?

処女ビッチだらけのテニス部合宿！

アタシが処女だって証拠がドコにあんのよ!?

著：K-TOK

画：金城航

原作：マリン

PB オトナ文庫

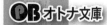

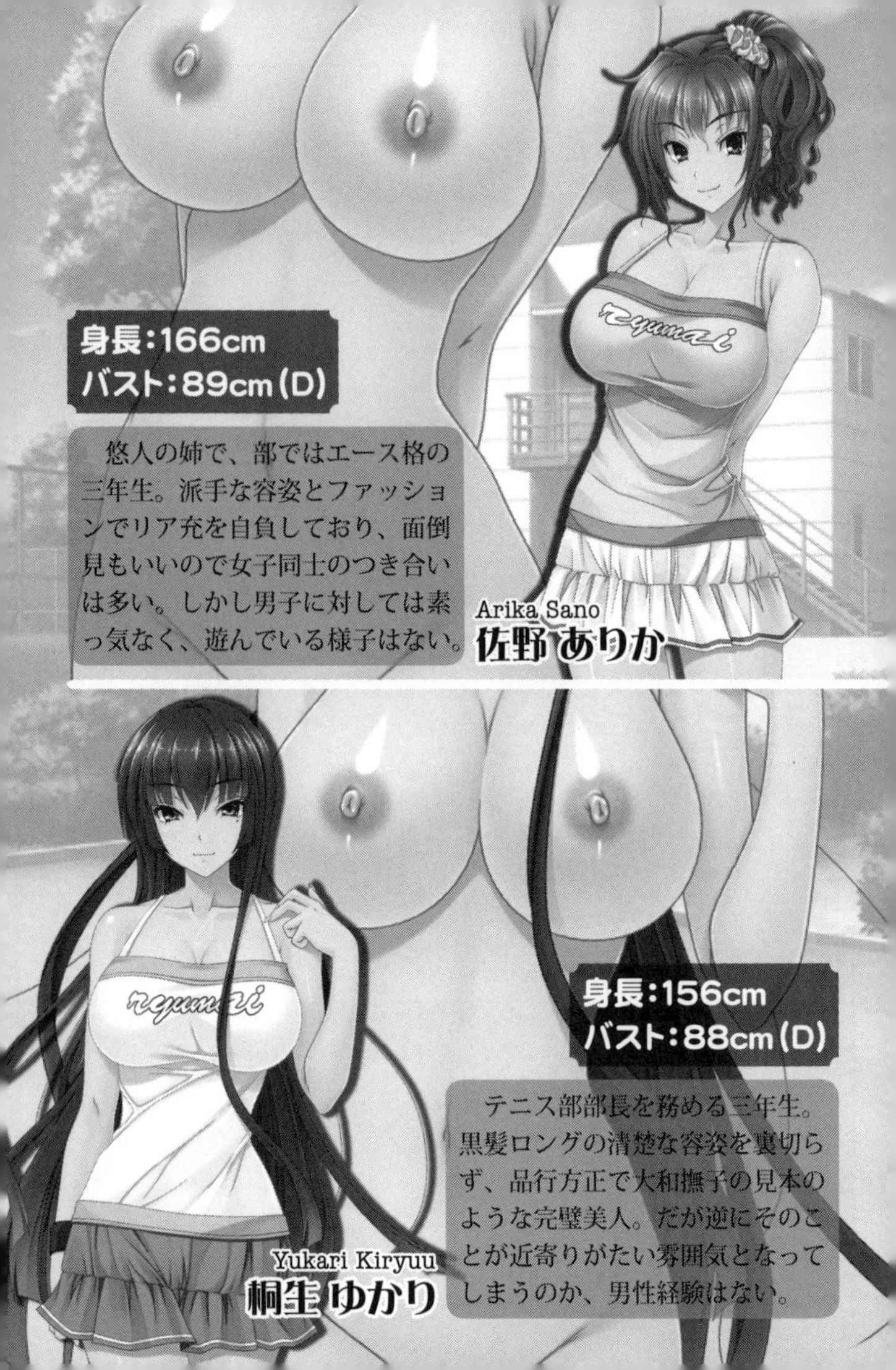
身長：166cm
バスト：89cm（D）
悠人の姉で、部ではエース格の三年生。派手な容姿とファッションでリア充を自負しており、面倒見もいいので女子同士のつき合いは多い。しかし男子に対しては素っ気なく、遊んでいる様子はない。
Arika Sano
佐野 ありか
身長：156cm
バスト：88cm（D）
テニス部部長を務める三年生。黒髪ロングの清楚な容姿を裏切らず、品行方正で大和撫子の見本のような完璧美人。だが逆にそのことが近寄りがたい雰囲気となってしまうのか、男性経験はない。
Yukari Kiryuu
桐生 ゆかり

身長：149cm
バスト：87cm（D）

悠人とありかの妹で一年生。ギャル風ファッション、明るく活発な性格で、男女ともに交友関係は広いが性的な経験はない。しかし悠人には、下着姿やきわどい格好を見せつけて惑わせたりも。

Miaka Sano
佐野 みあか

身長：172cm
バスト：91cm（D）

悠人と同じクラスの二年生。長身と長い手足が印象的なスポーティ少女。アジア系ハーフで肌が褐色であるうえに、露出の多い服装を好むため、周囲からは遊んでいるヤリマンだと誤解されがち。

Karen Inubushi
犬伏 カレン

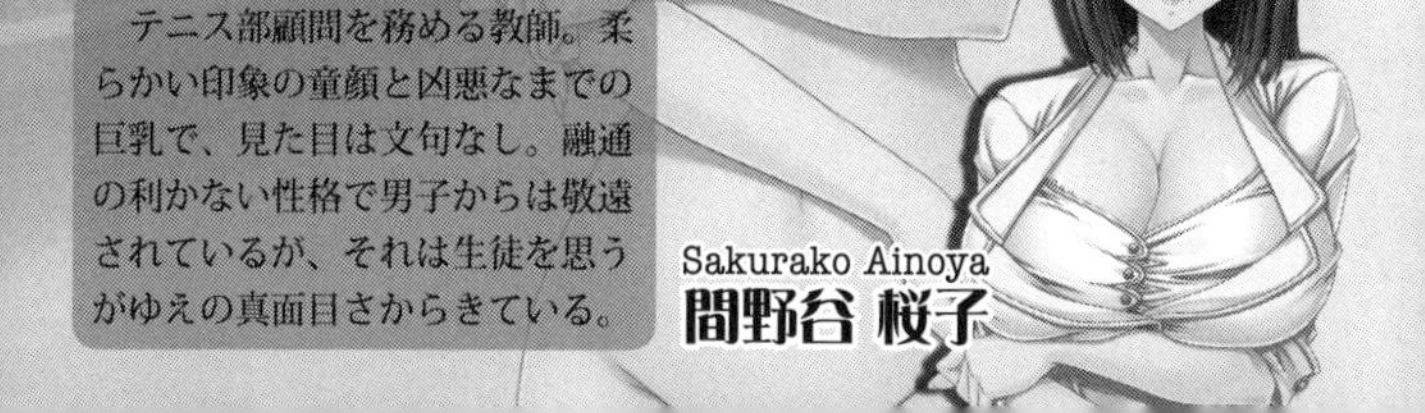

身長：164cm
バスト：95cm（F）

テニス部顧問を務める教師。柔らかい印象の童顔と凶悪なまでの巨乳で、見た目は文句なし。融通の利かない性格で男子からは敬遠されているが、それは生徒を思うがゆえの真面目さからきている。

Sakurako Ainoya
間野谷 桜子

Yuuto Sano
佐野 悠人

竜舞学園二年でテニス部のマネージャー。成績、運動、容姿どれをとっても中の下程度で、目立たない存在。人気者の姉妹目当てで近づいてくる男が多いため、自分から距離を置いている面もある。

第一章 竜舞テニス部の騒がしい日常

私立竜舞（りゅうまい）学園のテニスコートを、強い日差しがまぶしく照らしている。

徐々に上がっていく気温が、自然と体も熱くさせていくが、それは太陽のせいばかりとも言い切れない。

それはもう一つ、目の前で繰り広げられている拮抗したラリーが演出していることでもあった。

「はぁっ！」

強烈なフォアハンドを打つやいなや、その勢いのままにステップを踏み、高打点のスマッシュを相手のコートに叩きこむ。

男子顔負けの運動量と、速さを兼ね備えた躍動感で跳ね回るアタッカー。

それがテニス部のエースであり、俺の姉でもある『佐野（さの）ありか』だった。

「決まったかっ……!?」

思わずそう叫んでしまう素晴らしいスマッシュだったが――

「はいっ！」

これまた並外れた動きの速さと正確さで、その強力な一撃をレシーブする。

柔よく剛を制すという言葉を体現する優雅な動きは、そのスマッシュの勢いも利用するように鋭いボールを相手へ返していく。

エースを相手に全く引けをとることのない、オールラウンドのレシーバー。

それが、品行方正、文武両道のお嬢様にして、我がテニス部の部長でもある『桐生ゆかり』その人だ。

「やるじゃん、ゆかりっ。この前まで全然取れなかったボールなのにさっ」

「そう、いつまでも同じ手でやられると思ったら大間違いですわっ。ほらっ、ライン際っ！」

「おっと！　ふふっ、あたしの苦手なトコ狙って、やっぱり部長ってばやーらし！」

「誰がですのっ！　何の為の練習試合だと思ってるんですっ、たぁっ！」

激しいラリーを繰り広げている間、二人は舌戦も絶好調とばかりに言葉を交わし合う。

ウマが合ってるかはともかくとして、お互いの実力を認め合っているからこその遠慮のない応酬だ。

（この二人でやってる時が一番イキイキしてる感じがするよなぁ……）

俺――佐野悠人は、審判台の上という特等席から、右に左に行き交うハイレベルなラリーを眺める。

夏の大会に向けて、二人のモチベーションも高く、最初からかなり動きもいい。

「おい見ろよ、またやってるぞ」

「おお、竜舞ダブルエースの名物ラリーか！　そりゃ見なきゃな」

「見て見てっ、桐生センパイの試合よ！」

「ありか様～！　がんばって～!!」

と、コートの周囲がにわかに騒がしくなり始めてきた。

恒例となっている二人の練習ゲームに、徐々に野次馬が集まってくる。

（あ……ヤバい。今日はちょっと早いかも……）

声援を耳にした途端、二人の動きに微妙な固さが出てくる。

もちろん元のレベルが高いので、そうそう見劣りするわけじゃない。

しかし、最初から試合を見ていればさっきまでの集中力がなりを潜め、ちらちらと周囲を気にしているのが分かる。

まあ、それもある意味仕方ない。

「うぉ……やっぱ色っぽいよな……あのムチムチの太もも……」

「ナニ見てんだよお前、こんなとこで勃たせんなよ？」

「いや、でも見るだろ……どうしたって見ちゃうだろ」

「ま、まぁな……プロポーションに自信がなきゃ、あのカッコはムリだよな」

審判台のすぐ後ろから聞こえてくる無遠慮な品評の声。

正直さっきまで似たようなことを思っていたし、同じ男としてそのサガは分からなくはないんだが、こうも丸聞こえだと……。

「っ……くっ！」

何となく姉ちゃんは苛立ち気味に。

「……は、はいっ！」

そしてゆかり先輩は恥ずかしげに。

特に男子達の視線を意識してか、動きにも精彩を欠くようになり、さらに——

「あっ⁉」

身を反転させようとしたその瞬間、ゆかり先輩がバランスを崩した。

それでも、どうにか体を投げ出すようにして高いロブを打ち上げて——

「きゃんっ！」

しかし、やはり体勢を立て直し切れず、ゆかり先輩は可愛い声を出して転んでしまった。

「えっ⁉　ちょ、ちょっと！　ゆかり！」

「だ、大丈夫よっ！　いいから打ちなさいっ！」

ふらふらと力なく上がったボールはまだ生きている……そう言いたかったんだろうが。

「そーじゃないって！　お尻、お尻！」

「はぁっ⁉　何言ってるの？　試合中におかしなこと言ってないで！」

「だーかーらー、自分のカッコ見てみろっての！　スカート！」

「スカート……えっ？」

そこで初めてゆかり先輩は、自分の格好に気がついた。

「あ……」

その状況を理解するのに、ほんの一瞬だけ空白の時間ができあがる。

少し短めのスカートがこれでもかとめくれ上がって、アンダースコートに包まれた美しいヒップラインが丸見えで……。

それに気づき、ゆかり先輩の顔が見る見る赤くなったかと思うと——

「きゃぁあああああっ⁉」

「おぉぉぉぉぉぉぉーっ！」

ゆかり先輩の悲鳴と、ギャラリーのどよめきが重なった。

「ダメです！　見ちゃダメッ、あわっ、あわわわわっ！」

「ナニやってんのよ、ゆかり！　いいからさっさと起きなって！」

「そ、そう言われてもっ、足がもつれてっ……きゃーー！」

パニック状態のゆかり先輩は、手を後ろに押さえながら起き上がろうとして、もう一度転んだりしていた。

「だーっ、もう！　悠人っ、手伝ってやって！」

見かねたありか姉ちゃんがそう叫んでみるのだが——

「おぉぉぉっ⁉」

「って、何でアンタが一番反応してんだーーっ！」

「へぶぅっ⁉」

完全にゆかり先輩のお尻に気を取られていた俺の頬に、姉ちゃんのパーフェクトなスマッシュがヒットする。

「ナ……ナイス……スマッシュ……」

容赦ない一撃に審判台から転げ落ちながら、俺は一瞬、意識を失った。


「おーい、だいじょーぶ、おにぃ？　生きてるかーい」

「わぉ、おでこに跡ついちゃってるじゃん」

ぼやけた意識の向こうから、うっすらと二つの声が聞こえてくる。

「おにぃー、ほーれパンツだぞー、ぴら」

この声は……確か、俺の妹の……。

「だーめだ、おにぃ、ぜんぜん起きないよ、カレンちゃん」

「まー、ありかセンパイのスマッシュがきれーに入ったもんねぇ……お、水がきたしー、これぶっかけて」

「やだーカレンちゃん、ぶっかけなんて、はしたなーい♪」

まるで心配していない脳天気なやり取り……これは……。

「んーまぁ、ミィがやんないならアタシがやるけどさー」

「あー、だめー！　みぃがぶっかけするー！」

どんな話をしてるんだ……思わずそんなツッコミを入れたくなった途端。

「えやーっ！」

た。

「わぷっ!?」

顔に降り注ぐ水分をぶるっと振り払い目を開けると、二人の女の子が俺を見下ろしてい

「やーっと起きた。おにぃ、おはー♪」

「あれ……みぃ？」

「はーい♪　不肖の兄を見守る、できた妹みあかちゃんだよー♪」

すぐ手前で悪戯っぽい笑みを浮かべるのは、やはりテニス部員で俺の妹でもある佐野み

あか。ぺろりと舌を出す小悪魔的仕草の通り、何かにつけて俺をからかう問題児だ。

「んでー、おでこは大丈夫なの？」

「あぁ……カレン……何とか大丈夫みたいだ」

あんまり本気で心配している感のない聞き方をしてくるのは、犬伏カレン。これまたテ

ニス部員で、俺のクラスメート。

日本と、どこかアジア系のハーフという話だったか、日焼けだけじゃない褐色の肌が何

とも健康的だ。

「よいせ……っと」

何とか頭を上げようとした所で、俺を見下ろす二人の姿にどうしても意識せざるを得な

いものがある。

べつに下着というわけじゃない。いや、むしろ下着を見せないようにする為に存在する

……それがアンダースコート。

しかし、スカートの中、そしてパンツとそう差があるわけじゃないデザインのそれに、割り切った考えができるだろうか？

（できない……よなぁ……）

そもそも、食い込み気味になっている太もも自体はフルオープンなのだ。

どうしたって視線はそこをロックしようとするし、そこまで露骨なのもどうかと理性が視線を外そうともする。

（う……………）

要するに、ひときわ不審な状態で目を泳がせる俺にみあかが気づかない筈もなく——

「へへー、おにぃってばドコ見ちゃってるのかなー？」

ニヤニヤと小悪魔的な笑みを浮かべつつ、股間は全く隠そうともしない。

「みぃ……あのな、親しき仲にも礼儀ありと言ってだな……」

「なぁに？　そんなにみぃのスカートの中が気になる？」

むしろ悪戯っぽく笑いながら、わざと足を広げてみせる。

「バ、バカ！　広げるなっ！」

「ふふーん、おにぃ、パンツ大好きだもんね～♪」

「ひ、人聞きの悪いことをっ……」

「てか、パンツじゃないんだけどね。アンスコだし、見えてもいい奴なんだけど」

傍らのカレンが呆れたように言いながら、パタパタと目の前でスカートを捲ってみせる。

「それはそうかも知れないけど……って、カレン。だからって、ムリに開かなくても……」

「べつにムリしてないしー。それはミィの方でしょ」

「くふふっ、アンスコくらいでドキドキしちゃって。おにぃってば、かーわいー。ほーれ、中身も見てみる？」

すっかりと調子に乗ったみあかは、今度はそのアンスコまでもめくるようにして、俺の顔に近づけてくる。

「だ、だから見せなくていいの！」

このままじゃからかわれっ放しだと、俺は慌てて立ち上がる。と――

「はぁ、はぁ、はぁ……もう何だかコートが騒がしいと思ったら……どういうこと？」

短い距離なのに、もう息を少し乱しながらスーツ姿の女性が駆け寄ってくる。

俺のクラス担任で、テニス部の顧問でもある間野谷桜子先生。

　恵まれたプロポーションに、理知的な顔立ち、そして少し残念な運動神経ながらも、何事にも一生懸命な先生だ。

「先生……いや、その色々とありまして……」

「はぁ……もう、またいつもの感じなのね？」

　ありか姉ちゃんとゆかり先輩はいいライバルではあるのだが、練習中のやり取りで衝突することも珍しくない。

　それは、マネージャーと顧問揃っての悩みでもあったが、半ば言っても仕方ないと諦めているところでもあった。

「やはは っ……べつに今日はそんな大したことじゃないですよ。ねぇ、ゆかり？」

「え、ええ。その……何でもありませんから」

　一連の騒ぎをおおっぴらにはしたくないのか、顔を赤らめながらゆかり先輩が頷く。

　何となく雰囲気を察したのか、桜子先生もそれ以上深く追及しようとはしなかった。

「分かったわ。何にしても、もういい時間ですし練習は切り上げてミーティングに入りましょう。ゆかりさん、招集をかけてくれる？」

「分かりました。みなさーん、クールダウンに入って！　10分後にミーティングです！」

　さっきまでの空気はどこへやら。急にシャキッとした雰囲気が蘇り、素振りをしていた下級生も一斉に頷く。

ようやく面倒ごとから解放され、俺はホッと一息ついた。

「では、本日のミーティングを始めますね。先日行われた練習試合の結果を配ります。佐野くん、いい？」

「はい」

ミーティングが始まり、あらかじめコピーしてあったプリントを、部員に配って回る。

この間の日曜日に、地域の学校を集めて行われた合同練習。その試合結果と、細かいデータをまとめたものだ。

「どれどれ～？　え、あーちゃんとぶちょー、あの鳳学園に勝ってるのー⁉」

「うぇ？　あ、ホントーだ。マジで勝ち越してる……」

みあかとカレンがプリントを覗き込みながら、今更のように驚きの声を上げる。

鳳学園は、この地域内はおろか全国でも強豪と呼ばれる名門だ。

しかし、ありか姉ちゃんとゆかり先輩は、揃って鳳の選手相手に勝ち越していた。

「へへん、まーねー。実力、実力」

「あくまで1セットマッチの練習試合ですから……でも、確かに手強い方でしたね。いい試合でした」

後輩に尊敬の眼差しで見つめられて、二人ともそう満更でもなさそうだ。

実際、二人の相手をした選手達は、鳳でもしっかりレギュラーを張っている。

決して、学校の名前だけが先行している相手じゃない。明確な実力だ。

「本当に、二人ともすごいわ。これで、公式試合でも結果が残せれば言うことなしなんだけど……」

苦笑気味の桜子先生の言葉に、二人ともきまり悪そうになる。

確かに先生の言う通り、練習試合では無類の強さを発揮する二人も、公式戦ではもう一つ好結果を残せてはいなかった。

「ありかさん……この日なんて、ファーストサーブ成功率はほぼ１００％よ。こんなに完璧なゲーム運びができるのに……」

「う……」

(前回の公式戦は、ダブルフォールト4回出して負けたんだっけ……自滅だよなぁ)

サーブに定評がある姉ちゃんだったが、公式戦……それも準決勝、決勝と注目度が上がっていく試合になるほど動きが鈍ることが多い。

もちろん、相手のレベルが高くなるというのはあるが、それにしたって目に見えて動きが悪くなる。

「ゆかりさんもね。課題になってたファーストサービスのレシーブは、殆ど返せている……後はこれをちゃんと本番でできるかどうかかね」

「は、はい……」

どんなボールでも諦めずに拾うのが身上のゆかり先輩だったが――

（やっぱり、この前の公式戦ではサービスエースを食らいまくってる。ライン際に返そうとしたボールが微妙にアウトになっちゃうんだ）

　素人目にははっきりと分からないが、やはり思い切りのよさが失われて、姉ちゃんと同じく動きが鈍っているせいかもしれない。

「二人ともそれは課題ね。今度の夏合宿が大会前、最後の追い込みになるから……何か対策を考えていきましょう」

「はい！」

　揃った元気のいい声に頷き、桜子先生はさらに他の部員にも声をかけていく。

「1年、2年のみんなは、それぞれ基礎体力の強化と、ボールコントロールの練習。これから暑くなっていくから、水分補給もしっかりね」

「はい！」

「はい、それじゃ今日は解散。みんな、お疲れ様でした」

　桜子先生の言葉でミーティングが終了し、パラパラとみんな一斉に席を立つ。

　しかし、なぜかありか姉ちゃんは、一人何か考えるように席を立たないままだった。

（姉ちゃん……？）

　先生に言われたことを気にしているのか、難しい顔のままぶつぶつと何か呟いている。

（もしかして、責任感じてるのかな……）

　姉ちゃんがエースとして期待されているのは、本人も勿論だが、部員、さらにはそれ以外の学校関係者からも周知のことだ。

　結果を出せていないことに対して悩んでいるのなら、何か一言かけてあげるのがマネージャーとしての役目でもあるんじゃないか？

　あまり重い空気にはさせない。あくまでも軽い感じで。

「姉ちゃん、その……責任感じる必要はないよ、そういうのは時の運だって」

「……へ？　な、何？　責任？」

　俺の言葉に、姉ちゃんは何故かきょとんとした様子を見せる。

「い、いやだからさ、桜子先生はああ言ったけど、勝てないのを気にして落ち込まない方が……」

「はぁ？　何であたしが落ち込んでることになってんの」

「え……違うの？　何か難しい顔してたから……」

　全くとんちんかんなやり取りに、つい首を傾げてそう言うと——

「ぜんっぜん違うっての！　そんなんじゃなくて、あたしが気にしてるのは処女……」

「しょ？」

「あ、あわあああああ！　しょ、しょ、しょ……勝負！　そう、勝負の世界は、厳しいなーっていうことよ！　なっ？」

　妙に慌てた感じで姉ちゃんはぶんぶんと首を振ってみせたが、それってやっぱり気にしてるということじゃないだろうか。

「とにかく！　あたしが気にしてないったら、気にしてないの！　分かった？」

「わぷっ！　わ、分かったって！　何でもないならそれでいいから！」

首にヘッドロックをかけられて、俺は慌ててタップする。

「弟が姉ちゃんの心配するなんて一生早いよ。気にすんな！」

「一生かよ……」

「ふふん、文句あるなら、あたしの歳を追い越してからにしなさいっ」

得意のフレーズを持ちだされては、俺もそれ以上は何も言えない。

何だかごまかされた気もしたけど、この調子ならそこまで心配することじゃなかったかも知れない。

相変わらず騒がしいありか姉ちゃんに、俺はつい安心してしまうのだった。

＊　＊　＊

「おっと……誰かなって……母さんか」

一日を終えての帰り道、メールの着信に気づいて早速中身を確かめる。

「悠人へ。今月分の振込を済ませておきました。こちらは元気でやっています」

書かれていたのは生活費の振込通知と、母さん達の近況の連絡だった。

うちの父さんは、外資系の商社勤めで海外出張が多い。

俺達が小さい頃は、しょっちゅう単身赴任という形で家を空けて、俺達もそれに慣れっこだったけど。

みあかが竜舞学園に入った頃からは『自立心を高める』とか言って、母さんも父さんの方について行ってしまった。

「悠人がしっかりしてくれてるから、安心して行けるわ。ありかとみあかのこと、よろしくね」

(なんて……まあ、家賃とかの心配はないし、生活費もたっぷりくれるから問題はないんだけど……)

姉妹の面倒を全部俺に投げっぱなしってのはどうなんだ?

最初は最年長の姉ちゃんが財布を預かっていたんだが、一ヶ月もたずに破綻しかけたので、俺がやりくりを任されることになった。

とかく振り回されっぱなしの俺の学生生活。今、テニス部のマネージャーをしてるのも、半ば強引に姉ちゃんに引っ張られてのことだ。

最初はどうして俺が……とも思ったが、いざやってみると裏方としてのサポートは性に合っていたのか、案外楽しくやりがいもあった。

今年は、姉ちゃんにとっては竜舞学園、最後の夏でもある。

少しでもバックアップをして、納得のいくプレーをして欲しいというのは正直な願いでもあるのだが……。

「何か壁にぶつかってるのかな……これぱっかりは、俺がどうこうできることでもないし」

せめて、美味いものでも作って鋭気を養ってもらうくらいだろうか。

「よし……今日はちょっと奮発してみるか」

生活費補充で気持ちも少し大きくなっている。俺は勇んで行きつけのスーパーへと足を運んだ。


「ふぅ……すっかり遅くなっちゃったな」

買い出しを終えて家に着くと、もう周囲はすっかり真っ暗になっていた。

「ただいまー！　姉ちゃん、みぃ、遅くなってごめん。すぐ夕飯の準備するから……って、あれ？」

家に着き、リビングを覗き込むが二人の姿はどこにもない。

普段なら、のんびりテレビを見ながらメシの催促をしてくる時間帯なんだが……。

一瞬、まだ帰っていないのかとも思ったが、これだけ遅れたのにそれは考えにくい。

まさか、二人に何かあったとか……？

急に心配になってきた俺は、慌てて2階へと駆け上がる。

「おーい、姉ちゃん！　みぃ！」

呼びながら階段を上がるが、二人の部屋どころか廊下にも電気はついていない。

「ん……？」

代わりに、何故か俺の部屋の扉が僅かに開き、そこから明かりが漏れていた。さらに耳をすませると、二人の声も聞こえてくる。

「どうなってるんだ……？」

何となく嫌な予感がするまま、俺は自分の部屋へ向かっていく……と。

「ちょ、こんなことまでするの？　おおお……」

「うわ、まーたおっぱいおっきいお姉さんだ……ほんっとおにぃ、こればっか」

部屋から何やら声が漏れてくる……二人、でいいんだろうか？

「おおい、二人ともそこにいる……」

そう言いながら扉を開いた瞬間、ベッドの上に揃って寝転ぶ二人と目が合った。

「えっ……？」

その視線が、だらしなく上着をはだけた格好の二人から、広げている本に移り——

「うわぁぁぁぁぁぁぁぁぁー！　ちょっ、な、何してんの！　待て待て待てっ、やめぇぇぇ！」

「げぇっ、お、おにぃ⁉」

「ちょ、帰ってくんの早くない⁉　か、買い物は⁉」

パニックになる俺に、向こうもすっかりうろたえてわけの分からない空間ができあがる。

「もうとっくに夜だよ！　ていうか、何やってんだ人の部屋で、勝手に！」

一体どうやって見つけ出したのか、二人の前には俺の秘蔵のエロ本が広げられている。

「み、みぃはそのー、あーちゃんに誘われただけでー、むしろヒガイシャっていうかー」

「誘ってないでしょ！　あたしが見てたら、みぃも見るってノリノリで……」

「だっておにぃのエロ方面の趣味知りたいもん！　主に、今後の参考として！」

「何の参考だよ！　って、一瞬で開き直りやがったな……」

確かに単に本棚の奥というのは安易すぎた……俺が油断していたのも悪いが……。

「でも、まさか、おにぃのシュミがここまで分かりやすいとは思わなかったけどね」

「あーそうそう、なんかエロ本みてると趣味わかるわー。巨乳ものばっかだし」

パラパラとページをめくりながら、二人がじとっとこっちを見つめてくる。

「そ、それは……」

二人が見ていたのは、確かに自分の中でもお気に入りの一冊だった。それを見抜かれる恥ずかしさにたちまち顔が熱くなる。

「も、もういいから……部屋に入ったのは怒らないいし、物色したのも不問にするから、だからどうかこの辺で……」

これ以上追及しても絶対にろくな方に転ばない。物腰柔らかく、俺は丁重にご退場を願ったのだが――

「……アンタさ、こんなの見て……その、一人でしてんの？」

ありか姉ちゃんは、神妙な表情でぐいぐいと踏み込んでくる。

「いっ……いや、だから……ど、どうだっていいだろ、そんなこと」

ピポの子
二十一世紀の

「いやぁ、あーちゃん、それは男の子なんだからしょうがないよ」

うんうんと、いかにも分かってるとばかりにみあかが頷く。

「で、おにぃ、こういうのでオナニーして発散するの？」

「だ、だから放っとけって言ってるの！　どうせ、俺は姉ちゃん達みたいにエッチする相手なんかいねーよ！」

「えっ？」

やけくそになって叫んだが、二人揃って何故かびっくりしたような顔をした。

「あ、あれ？　いやだって、え……？　もしかして、姉ちゃんって……経験ない？」

「は、はぁあああ⁉　あ、あたしが未経験で処女だなんて、だれが証明できるってのよ⁉」

思わず聞き返すと、ありか姉ちゃんはびっくりするほど動揺した返事をする。

「はぁぁ……おにぃ、何言ってるの」

「えっ……だって、何かそんな話してなかったっけ？　最近はいい男がいないとかどうとか……」

普段の派手な言動と、ギャル然とした格好はおよそ清純さからは遠く、男遊びも凄いのかと思っていた。

が、いざ話を振った途端、この顔の赤くなりっぷり……。

「まー、男がどうこうなんて～、ベツにそんなの遊んでなくても言えるしー」

ここぞとばかりに、みあかが肩をすくめて笑ってみせる。

「あ、言っとくけど、みぃも処女だよ～。つーか、そんなの見てりゃ分かるじゃん、おにぃバカなの？」

「わ、分かるかって！　いや、みぃはまだ何とも言えないか……でも、姉ちゃんが……」

「おにぃさぁ、あんだけ部活やってて、簡単に男捕まえられるワケないじゃん」

「で、でも、休みの日はいつもどっか遊びに出てるし、カッコだって」

言われてみればそうなんだが、まだ少し信じ切れずに疑問を口にしてしまう。

「まー、あーちゃん派手なの好きだからね。でも、女の子とは遊びまくってるけど、男の方はそんなに免疫……むぐっ！」

「な、なーに言ってるんだか！　まーあたしくらいになったら、よりどりみどりの、とっかえひっかえ100人とかだし！」

強引にみあかの口を塞ぎ、ありか姉ちゃんは何とも白々しくとぼけてみせた。

「いや……そんなさ。べつに未経験なら未経験で……」

「あああああたしは処女だって言ってねーし！　だれが決めたのよ、そそそそんなこと！　何時何分何秒にぃ！」

「ほらぁー、おにぃが図星つくから、あーちゃん完全にテンパっちゃったじゃない～」

やっちゃったという調子でみあかが俺を指差した。

「お、俺のせい？」

「ていうかさー、あーちゃんが本番アガっちゃうのだって、割と男の目線に慣れてないってのもあると思うよ」

するりとすばしっこく姉ちゃんから逃れ、みあかはここぞとばかりに持論を展開する。

「正直、もうちょっと恥ずかしいことに免疫ついたら、それだけでかなり動きもよくなると思うなー」

「動きって……テニスの話か？」

「そうそう。いっそ処女を誰かにあげちゃうとかさ、そーいう思い切った荒療治も……」

「だー！　だからあたしは処女じゃないってーの！」

思いっきり動揺しているのがその証拠のようなものだったが、何故か姉ちゃんは頑なに認めない。

「ほ、ほらっ、そこの本に載ってるようなことだって、いつでもどこでもできるしぃ！」

「いや、こんなのどこでもやってたら痴女だから……」

「ううううううっさい！　ほら、ココでだってできるんだから！」

完全に逆上してしまった姉ちゃんは、何故か俺の腰に手を回す。

「は、はぁっ!?　ちょっ、何してっ……」

「い、いいから！　しょ、証明してやろーってのよ！」

と、そのまま一気にズボンをズリ下ろしてきた。

「うわわわわっ！　ちょっ……な……何してんだよ！」

「うっさい！　みぃ、押さえてっ！」

「りょーかいっ！　よいしょっ！」

こんな瞬間に限って完璧すぎる連携が、しっかりと俺の腰を捕まえてその動きを封じにかかる。

そのまま、手際よくズボンを下ろすと、さらにはパンツも一気に脱がされていた。

「ひゃっ……⁉」

するんと飛び出したモノに対して、姉ちゃんが驚きの声を上げると――

「おぉぉぉっ⁉」

みあかも、目を丸くして食い入るように股間の中心を見つめていた。

こんな間近で姉妹にペニスを露出する恥ずかしさにカッと体が熱くなり、どんな生理的反応によるものか、俺のモノはむくりと鎌首をもたげようとしていた。

「あ……あぁぁぁぁ……あ……あぁぁ……」

「ちょ、ちょっと、あーちゃん！　だいじょぶ？」

みあかが心配そうに体を揺さぶると、完全に硬直していた姉ちゃんはハッと意識を取り戻す。

「あ……あぁ、べ、べつに大丈夫だし。お、思ったより普通だったから、びっくりしただけよ！」

「あーちゃん、普通なのにびっくりって……」

「ち、ちがっ、大きさに驚いたんじゃないの！　何よ、ラケットよりは全然小さいじゃん！」

何もラケットと比べることはないと思うのだが、姉ちゃんは強がりながらじぃっと股間を覗き込んでくる。

「い、いや……いいって、姉ちゃん！　みぃも！　も、もう分かったから！」

息が届きそうな距離でガン見され、心臓はドクドクと高鳴っていた。

この状況はヤバい……意識しちゃダメだと分かっているのに、どんどん中心に血が集まってしまってく。

「うぁ……アンタ……まだ大きく……ふぁぁ……」

「おぉぉー、おにぃってば結構その気がある？　むくむくおっきし始めてるぅ♪」

その気なんて全然なかったが、体はまるで言うことを聞かず、勝手に鎌首をもたげさせてしまってる。

「ち、違うんだっ……これは勝手になって……だから見るなって！」

「いーからじっとしてなさい！　い、いまから、処女じゃないあたしがしてあげるから！」

「してあげるってナニを！　いや、ヤバイって、みぃも何とかしてくれ！」

変なスイッチが入ってしまった姉ちゃんを止めようと、みあかに助けを求めてみるが。

「いやーごめんねぇ、あーちゃんの方が目上だからさー、仕方ないなー」

「ぜんっぜん仕方ないって思ってないだろ！」

頼みのみあかも聞く耳持たずどころか、ノリノリになって俺を押さえ込んでくる。

テニスで鍛えられた体でガッチリと押さえ込まれ、さらに柔らかい膨らみまで押し付けられては、どうしても逃れる術はなかった。

「さぁ捕まえた……い、いいからじっとしてなさいよ？」

ごくんと緊張に唾を飲みながら、姉ちゃんは意を決したように肉棒へと手を伸ばす。

「う……わ……こ、これが……オチ……ンチン……」

細い指先がぎゅっと竿の根元を掴み取る。

「うっ……！」

ほんの少しマメのある、しかし基本柔らかな指から姉ちゃんの体温が伝わって、ビクンと体が反応する。

「ひゃあっ!?　な、何すんのバカ！　勝手に動くなって言ったでしょ！」

慌てて手を放し、キッとこっちを睨んでくる姉ちゃん。

「んな……動くなって言われても……」

「あーちゃん……オチンチンって、そーいうもんだよ？」

「あ……そ、そうだったわよね。まぁ知ってるけど、でもあんまり脅かすなってのよっ」

未だに経験豊富な体を装いながら、再び姉ちゃんは竿の根元に手を伸ばす。

こんな異常な状況ながらも、柔らかい刺激の連続に、肉棒の方はすっかり勃起しきったままだ。

「あーちゃんも知ってると思うけど、ラケットのグリップを握る感じでいいんだよね。特に根っこの方は」

「お、おい……みぃ、余計なことは……」

「えー、みぃは処女だからよくわかんなーい♪」

とぼけるみあかだったが、ラケットという言葉に安心感があったんだろうか。

「あ、なるほど……そうよね。グリップよね……」

結局、さりげない誘導に乗せられ、姉ちゃんは改めて肉棒を握り直す。

「そうか……ここを押さえちゃえば、多少暴れても……んふっ……」

何となく感覚を掴んだのか、さっきより絶妙な力加減で指先の一つ一つが皮に優しく絡みつく。

「う……んくっ……」

「あ……おにぃ、ちょっと気持ちよくなってる？」

微かな呻きを見逃さず、みあかが覗き込むように聞いてくる。

「なっ……ち、違うぞ……これは、ちょっとびっくりしただけで……うぁ！」

「ふふん、なるほど。こんな感じで……いい……のよね？」

まだ手探りな感じではあったが、強すぎず、弱すぎずの指の感じは、正直ジンジンして気持ちがいい。

姉妹相手に何して……そんな理性もあるにはあったが、直接的な刺激の前に力が出ない。

「どう？　あたしのテクニックは？　結構、気持ちよさそうにしてるじゃない」

俺の反応に、俄然強気さを増して得意げな顔になる姉ちゃん。

正直、単純な上下動でテクニックも何もと言いたいのだが、それでも体は素直に反応してしまう。

「へへー、おにぃも興奮してきたんだ。じゃあ、みぃもやるー♪」

「なっ……みぃっ、お、お前までそんな……うぅっ！」

全く物怖じする気配もなく、みあかはや

はり俺の竿……その上の方を握りこみ、亀頭を包むように握ってくる。

「へぇー、ちゃんと剥けてるんだ。割れてる所かわいーねー」

亀頭の敏感な場所を、強くなりすぎないよう絶妙な加減で撫でさするみあか。

「ふふー、これがおにぃのラケットかー。ぶよぶよしてて、結構熱いんだ……」

「んくっ……ラ、ラケットとか……全然持ち方違うだろっ……」

「えー？　みぃのラケットの持ち方はこうだよ～？　むにむに～」

白々しく答えながら、さわさわと遠慮なしに手のひらが踊る。

姉ちゃんと違い、初めてを公言しているクセに、この力加減の絶妙さは本当に初めてなのかと疑わしいくらいだ。

「お、お前……何でそんなに慣れてるんだ？　うっく……う、あっ！」

姉ちゃんとは違い、みあかは的確に俺の弱い所を探り当てて、ピンポイントに刺激してくる。

「えー、そんなに気持ちいいのー？　何でかなー才能あるのかなー♪」

俺の反応に、楽しそうに言いながらみあかはなおも肉棒を扱き続ける。

指の腹をくにくにと割れ目に押し付けながら、小さな円運動をされると、それだけで勝手に腰が跳ねていく。

「ちょ、ちょっと！　あたしだってしてあげてるじゃん！　何か反応違わない⁉」

「そ、そんなこと言われても……」

微妙な力加減の差を説明するわけにもいかず、俺はもごもごと口ごもる。

「まぁまぁ、あーちゃんのもちゃんと効いてるって。だから余計にみぃの指が気持ちいいんだよね〜？」

余裕たっぷりの様子で宥めながら、みあかはさらに姉ちゃんをけしかける。

「ほらほら、あーちゃんも、もっとしたげようよ。おにぃのオチンチン、さっきより震えてるよ？」

「ホ、ホントだ……って、そーよね。これって、要するに気持ちいいのよね」

得たりとばかりに、姉ちゃんも肉棒を握り直し、ぐいぐいと荒っぽく皮を扱いてくる。

さっきまでなら痛みの方が先にくるかもしれない指遣い。だが、肥大したペニスにはそんな荒っぽさが心地いい。

「ヤバイって……これ以上はっ、くっ……ホントに！」

「ん？　何よ、なんかあたしのテクに文句あんの？」

「そ、そうじゃなくてっ……出るのっ……このままだと……マジでヤバいからっ！」

「出る？　何をアンタワケ分かんないこと……」

この期に及んで、まだ状況を把握してない姉ちゃんが構わず肉棒を扱き続ける。ジンジンと広がる痺れは、もう戻れない所まで広がり、後はもう時間の問題。

「うっ、あっ、だ……ダメだっ、も、もうっ！」

「だから、何がダメ……」

なおも言い募ろうとする姉ちゃんに答えるより先に限界が訪れ、俺は堪えきれずに射精していた。

「ひゃぁぁぁぁぁっ⁉」

前触れなく噴き出した精液に、ビクリと姉ちゃんが体を飛び上がらせる。

「ちょ、ちょっと、何か出てるんだけどっ！　どういうコト⁉」

「や……あーちゃん、これ精液だから」

「せ、精液……あ、これが……？　初めて……じゃない、ふーん、アンタのってこんなのなんだ～」

手にべっとりと絡みついた粘液をしげしげと眺めながら、姉ちゃんはもっともらしく頷いてみせる。

「うっわ、ネトネト～。こんなに粘っこいんだぁ……」

さしものみあかも、その感触は知らなかったのか、やはり興味深げにへばりついた精液を見つめている。

「思った以上に出るんだね……これって、おにぃの本にあったぶっかけって奴より出てない？」

「あ……さっきのやつ？　そうだ……でも、アレはなんかもっと半透明じゃない？」

指先で精液を弄びながら、二人は興味深げに、なおも肉棒を見つめている。

「もしかしたら、おにぃのってすっごく濃いのかも。あ……見て、ぴくぴくして……」

「ひゃ……！　ビュルって、ま、また出てる……何なのこれ……マジ……？」

まじまじとアップで覗き込まれる恥ずかしさに、勃起は自然と反応し、また新たな粘液を滲ませる。

「あったかい……スライムみたいになってる……うわぁ……」

「おにぃ、やっぱり気持ちよかったんだね？　くふっ、ぴくってしてかーわいい♪」

物怖じしない二人は、力を失わないペニスにまだ手を止めようとしない。

「これさ……もっと擦ったら、もっとよくなるってことだよね？」

「かもねぇ……あーちゃん、試してみる？」

「もち！」

二人で顔を見合わせると、手をぬめらせたまま、改めて肉棒が扱かれる。

「う……く！　も、もういいだろ。これ以上はマジで……あ……うくっ」

「何よ、気持ちいいんじゃないの？　ほら、もっとして欲しいんでしょ？」

俺の余裕のなさにも気づかず、姉ちゃんは射精直後の敏感な肉棒を弄り続ける。

「あれ？　また、オチンチン震えて……」

みあかが、そう気づいた時にはもう遅い。休みなく続けられる手コキの快感に、再び欲望が爆発した。

「ひゃぃぃいっ！」

またしても勢いよく精液が迸り、今度は二人の顔にぶっかけられる。

「ちょっ……！　な、何なのよぉ、またいきなりっ……あぁっ、精液顔に……やだ、髪にもくっついてるぅ……！」

「も、もぉ……おにぃってば、いきなりザーメンシャワーなんて、やりすぎだよぉ……ぷぁ……」

「ご、ごめん……って……お、俺のせい？」

思わず謝ってしまったが、完全に自業自得ってやつじゃないだろうか……。

「え、ザーメンって……何よ？　精液じゃないの……？」

きょとんとする姉ちゃんに――

「精液っていろいろ言い方があるんだよ。ザーメンでしょ、後ね、オチンチンミルクとか、ふつーに言うより興奮するんだって、本に書いてあった」

「オ、オチ……ミルクぅ!?」

相変わらずの耳年増っぷりを存分に発揮し、みあかがまたいらない知識を植え付けていく。

「ほら、この粘ってるのとか、練乳みたいじゃん？　だからじゃない？」

「へ、ヘンな言い方すんのね……やだ、制服ついちゃってるじゃん、これ……ど、どうしよ……」

どっぷりと精液を顔に浴びつつも、それ自体には嫌悪感を見せず、なおも肉棒を観察しながら興味津々に話す二人。

「うぅ……俺は、なんてことを……」

　そして、図らずもぶっかけてしまったことに後悔しつつも、俺は腰回りから広がった甘い快感の余韻に浸ってしまう。

「あ……オチンチン、萎んできた……ちっちゃくなってる……」

「いっぱい出したからね。これが事後って奴だね、きっと」

「ふぅぅん……」

　結局、勃起から射精、萎えるまでの一部始終を観察され、俺は何を言う元気もない。

　ともあれ、ペニスが萎んだのを潮時と見たのだろう。二人の体がゆっくりと離れ、俺はようやく解放された。

＊　＊　＊

「はぃっ！」

　翌日――コートではありか姉ちゃんの鋭いサーブが冴え渡っていた。

「くっ……何があったのかしら。昨日までよりずっと思い切りがよくなってる……！」

　誰よりもそれを実感しているのは、いつも練習のパートナーになっているゆかり先輩。

　吹っ切れたような大きな動きでのストロークに、懸命にボールを返すものの終始押されっぱなしだ。

「イン！　6―3で、勝者佐野ありか」

最後もライン際ギリギリのサービスが決まり、そのまま練習試合はありか姉ちゃんの勝利で終わった。

「うーん、昨日とは別人だったね、ありかセンパイ」

傍らで見ていたカレンも、感心したようにそう呟く。

「本当に……見違えたわ、ありか。まさか一日でここまで修正してしまうなんて……何か掴むものがあったの？」

「えっ？　あ、あぁー、まぁね。ちょっとした気持ちの問題？」

息を整えながら素直に賞賛の言葉を送るゆかり先輩に、ありか姉ちゃんが曖昧な返事をする。

そりゃあそうだ。まさか、俺のモノを手コキして度胸がついたなんて話をまともにできる筈はない……ない、のだが。

「やー、まさかおにぃのオチンチンに、あんな効果があるなんてねー」

「ばっ、お、おい、みぃ！」

全く気にすることなく、みあかがありのままのことを口走る。

「な、何？　今、何て言ったの？」

一瞬きょとんとするゆかり先輩に、慌てたのはありか姉ちゃんだ。

「ななな、何でもない！　この子、時々ヘンなこと言うからっ！」

「えぇー、あーちゃん、自分だけ独り占めする気～？　それってずるくな……んぐ！」

なおも言い募ろうとするみぁかの口を塞ぎ、誤魔化そうとするありか姉ちゃんだったが。

「どうやら、聞き逃せない話があるみたいね……悠人くん、貴方……知ってるわね？」

疑惑の矛先は当然の如く俺へと向けられ、どう答えたものか言葉に詰まる。

「あ、あぁー……その、本当に意味があるのかは分からないと言いますか……その」

「構わないわっ。どんなきっかけでも試してみたいのっ、お願い……教えてっ！」

ちらりと姉ちゃんの方を見ると、半ば仕方ないという顔になっている。

真剣そのものの表情でそう乞われてしまえば、もう突っぱねるコトもできない。

「え、えーと……実は」

「オッ……オチンチンをっ！」

「しーっ！　ぶちょー、声が大きいって！」

驚くゆかり先輩を、みぁかは自分のことを棚上げしながら嗜める。

「あああ、あの、それは……要するにどういうことで……」

ゆかり先輩が混乱するのも無理はない。俺だって、姉ちゃんの気の持ちようが分からない。

「ま、ラケットの握りの感覚とかさ……後は、ちょっとした度胸付けができたっていうか
……一度修羅場をくぐったら何でも平気になるみたいな」

そういう姉ちゃん自身も、ちゃんとした確信はないのか、曖昧な言い方になってしまう。

「でも……確かにそうね。一度慣れてしまえば、恥ずかしいって気持ちは薄れるかも……」

「納得するんですか⁉」

思わず突っ込んでしまったが、ゆかり先輩は大真面目に頷いた。

「その、悠人くん……ものは相談なんだけど……私も、お、お願い……できないかしら？」

「お願いって……ゆかり先輩、まさか……」

「わ、私も、スランプ脱出のきっかけを掴みたいのっ！　プレッシャーを克服できるなら、どんなことでもやってみるわっ！」

何をしたのかを聞いた上でなお、ゆかり先輩は前のめりに迫ってきた。

「いーじゃん、してあげたら？」

人の気も知らないでカレンが呑気に言ってくれる。

「あ……じゃあ、せっかくだし、今度の合宿中にみんなで勉強会ってのはどう？」

ふと、みあかが口にした言葉に、みんなが一斉に顔を見合わせる。

「合宿中にする……？」

きょとんとするありか姉ちゃんに。

「みんなで……というのは、そ、その……」

何となく言葉の意味を悟り、早くも顔を赤らめるゆかり先輩。

「ほら、来週から強化合宿でしょ？　で、夜とか一応時間あるし、その時におにぃのオチンチンの効果を色々試してみるの」

「えっ、お、おいっ、ちょっと待て。試すって……何をするんだよ？」

何かとんでもないことが進んでいる気がする……が、みあかは全く迷わない。

「恥ずかしいことに慣れれば、動きに思い切りも出てくれるかもだし」

「おぉー！　さすがみぃ、あたしの妹ね！」

「確かに……羞恥心が克服できれば、スランプは脱出できるかも……」

普通ならどう考えてもおかしい……そう思う筈なのに、姉ちゃんもゆかり先輩も完全に真に受けている。

「い、いや、何で二人とも納得してるんです⁉」

「なるほど。面白いかもねー」

さらには外野で見ていた筈のカレンまでが乗ってくる。

「いやいやいや、おかしいでしょ！　て言うか、むぐっ！」

「悠人、ちょっとうるさい。大事な話してるんだから、あっち行って」

姉ちゃんに軽くアイアンクローを決められて、そのまま俺は端へ追いやられる。

「あっち行ってって……モロに当事者になる話だろ～⁉」

「往生際悪いね～。もう、止まらないでしょ、あれじゃ」

全く動じる気配もなく、カレンが俺にそうつぶやく。

「い、いやいやエッチな勉強会っておかしいだろ⁉　カレンだって参加させられるかもしれないんだぞ、いいのか？」

「んー、そーね。おもしろそうだし、いーんじゃん？」

「お、面白そうって……」

一縷(いちる)の望(のぞ)みもあっさりと断ち切られ、俺は茫然と成り行きを見守る。

「それじゃ、勉強会決まりね！　合宿までに悠人の部屋をあさって、教材も手に入れとくわ」

「は、恥ずかしいけど……大会のためですものね。部員みんなで協力しましょう」

欠席裁判はつつがなく終了し、４人の参加者によるエッチな勉強会は開催決定になってしまった。

「ど、どうしてこうなったんだ……」

茫然と呟きながら、俺はやいやいと盛り上がる部員達を見ていた。

第二章 処女開通合宿

「ふぅ……一日目は無事に終わったか～」

いよいよ合宿が始まった。

クールダウンの号令とともに、俺はクーラーボックスへと急ぎ、冷やしたドリンクとタオルを準備する。

「みんな、お疲れ様～って……あれ？」

さぞ疲れただろうと思ってコートに行くと、既にみんなの姿はなく、ありか姉ちゃんが一人最後の後片付けをしていた。

「姉ちゃん……他のみんなは？」

「決まってるでしょ。先に部室に戻って、この後の準備してるわよ」

「この後……って、あ……」

敢えて考えないようにしていたことが、その一言で一気に思い出されてくる。

「え……えーと」

「おっと、逃がしゃしないわよ。みんな待ってるんだからね？」

ぐっと腕を捕まえると、姉ちゃんは俺を放すまいと体で押さえ込んでくる。

練習を終えたばかりの火照った肌が無意識に背中に当てられ、思わず心臓が高鳴った。

「に、逃げるなんて言ってないだろ」

それとなく体を振り払い、何とかそれだけ口にする。

「ふふん、ならいーのよ。じゃ、すぐに来れるわよね？」

「ま……まぁ」

「よーし、早速行くわよ。ほら、急いだ急いだ！」

問答無用で手を掴み、再びヘッドロックをするように密着したまま部室へ向かう。

思いっきり胸元の柔らかい所が顔の近くを掠めていたが、もうそこに突っ込む余裕はない。

（一回意識したら恥ずかしがるクセに、ホント無防備なんだよな……）

ご機嫌な姉ちゃんを横目に見ながら、俺は思わず心の中でぼやくのだった。


「者ども～連れてきたぞー！」

勢いよく扉を開くと、部室では既に三人が待っていた。

首根っこを掴まれた俺を見て、カレンが思わずニヤリと笑う。

「あー、やっぱり逃がしてもらえなかったんだ？」

「べ、べつに逃げようなんて思ってないさ」

「ふふーん、てことは、何だかんだでおにぃも期待しちゃってるってことだよね～？」

　まさしく小悪魔の表情で、みあかが楽しげに顔を覗き込む。

「ごめんなさい……悠人くんに嫌なことを頼んでしまって……」

「い、いや、嫌っていうわけじゃ……その、大丈夫です」

　一人、申しわけなさそうにするゆかり先輩に、ついそんな強がりを言ってしまう。

「イヤじゃないってことは、ＯＫってことね。じゃ、早速勉強会をはじめましょーか」

「えっ、あ……も、もう？」

　心の準備を与えてくれる慈悲もなく、姉ちゃんはしっかりと扉に鍵をかけた。

「イヤじゃないんでしょ？　ほらほら、早く脱ぎなさいよ」

「脱ぎなさいよって、そんな、いきなり言われても……」

「ここまできて、今更ブルってんじゃないわよ。みぃ、カレン、脱がすよ！」

「ほいきたっ！」

「りょーかいっ」

　姉ちゃんの合図と同時に、二人が図ったように俺の両手を掴み取る。

　そのまま一気にベンチへ体を押し倒されると、姉ちゃんの手が一気にズボンとパンツを引き下ろした。

「おぉぉぉぉー、これはまたご立派ですなぁ、おにぃ？」

　下半身を丸出しにされ、あらわになった股間に視線が集中する。

　隠しておくべき場所を四人に覗き込まれる恥ずかしさに、また顔が熱くなり、自然とぺニスも反応を始めていく。

「ちょ……ちょっと、何か前より大きくなってない？」

　ありか姉ちゃんが一瞬引いたように声を詰まらせれば――

「ホントだ。顔の割には結構なモンじゃないの、これ」

　カレンは相変わらずの無表情ながら、じぃっと興味津々に肉棒が育つ瞬間を観察する。

「アンタ……何で触る前からこんなにおっきくしてんのよ⁉　節操なくない？」

「そ……そんなこと言われても……うぅっ……」

　またしても勃起する瞬間を観察され、恥ずかしさに体が震える。

「まぁまぁ、とにかくおにぃは協力

的ってことで、早速いろいろ試してみようよ」

「あっと、そうね。あたし調べてきてたんだ、手コキのテクニックてやつ？　待って、ちゃんとブクマしてるし。ほら、これこれ」

姉ちゃんのスマホに、みんな興味津々で群がっていく。

「陰茎が……この棒の部分よね。んで、まず先っぽが亀頭？」

「カメの頭ってことかー。そー見える？」

指差し確認をしながら、姉ちゃんとカレンがそれぞれ頷く。

「で……カリ首……亀頭冠っていうの？　それがこの辺……？」

「そうそう、くびれの所。カスも溜まりやすいんだって」

続けてみあかが確認し、またいらない知識を披露する。

「ふーん……でも、あんまり汚れてる感じしないけどー」

「ふふっ、おにぃも気にしてちゃんとよく洗ってきたとかじゃない？」

カレンの疑問に、みあかが見透かすようにくふふと笑う。

実際、もしかしたらと思って、いつも以上に丁寧に洗った自分が恥ずかしい。

「このピンとしてる所が……陰茎小帯……裏スジってやつだって」

つんと、ありか姉ちゃんがその場所をつつき、ピクッと肉棒が反応する。

「あ……動いてる。ここも何だか張り詰めてる感じで……」

ゆかり先輩も息を飲み、おずおずと同じ場所へ触れてくる。

「実際、皮を引っ張ってるトコでしょ？　すごい感じるスポットって書いてある」

「確かに弱そう〜。後で、いっぱい弄ってあげちゃお〜♪」

カレンとみあかも、スマホの画像と交互に見比べているうち、触り方に遠慮がなくなってくる。

「……でも、オ、オチンチンの部位に、こんな細かく言い方があったなんて……」

ゆかり先輩の何気ない言葉と同時に、ついピクンとペニスが反応する。

「うわっ！　動いたっ、今、何に反応したの？」

一番近いところで肉棒を目の前にしていた姉ちゃんが、慌てて俺に聞いてくる。

「あ……いや、その……それは……」

「答えなさい。じゃないと、どうなるか分かる？」

ぎゅっと指先に力を込めて凄まれると、まさかとは思いつつも握り潰されてしまうんじゃという不安感に、黙ってはいられなかった。

「いや……い、今……ゆかり先輩が、ちょっと……」

「えっ、私……？　私が何か……」

「無意識にだと思うんですけど……オチンチンなんて急に言うと思わなくて」

「えぁっ⁉　わわわわ私っ……えっ、あっ、あのっ、それはっ！」

恥ずかしい告白に、今度はゆかり先輩がボッと顔を赤らめた。

「んー、まぁ確かに言ってたっちゃ、言ってたけど」

「べつにオチンチンって、普通に言うよねー？」

カレンとみあかは、それがどうしたとばかりに首を傾げ——

「おち……そ、そんなんで、アンタ興奮したってこと？　ホントに、どこまで変態なのよ⁉」

ありか姉ちゃんは、ゆかり先輩同様に思い切り顔を赤くさせていた。

「あっ、また跳ねた！　そっか……おにぃがエッチな言葉だと思うと反応するんだ」

「そ、そういうモンなの？　どうなの、悠人」

「それは……ま、まぁ……そういうことかと……」

性癖を暴かれるような尋問に、針のむしろのまま頷くしかない。

「わ……私……無意識に、そんなエ、エッチな言葉なんて……」

「でもさ、てことは佐野を興奮させるには、むしろ使ってく方がいーんじゃない？」

カレンの提案に、みあかも強く頷いた。

「そーだよね。後は、どんな言葉で反応するのか調べたりとか」

「そういうことでしたら……わ、私も……が、頑張らせて頂きます」

「ゆ、ゆかりも⁉　あ……ならあたしだって！」

妙なライバル意識に火がついて、上級生二人もすっかり話に乗ってくる。

「それじゃ、この先もオチンチンについては、なるべくそういう風に呼ぶってことで」

みあかの提案に誰もが迷いなく頷き、全会一致で可決されていた。

(どんな約束してんだよ……)

ついついそう思いながらも、しかし、肉棒は新たな約束事への期待感に勃起を硬くさせていく。

「うわ……また動いた。本当にギッチギチじゃない……たく……」

呆れたように言いながらも、手が放されることはなく、姉ちゃんの視線はさらにその下へ向けられる。

「そういえば……こっちも気持ちいいって言うけど……」

「こっち？　ああ、キンタマの方？」

再び無意識に呟くカレンに、ビクリと体が反応する。

「あっ、またオチンチン跳ねたよ！　カレンちゃんのキンタマに反応したんじゃゃ？」

「へぇー……ゆかり先輩だけじゃないんだ。確かに節操なしかもね〜」

「ん、んなこと……て言うか、もっと慎みを持ってだな……」

明け透けなカレンにそう言ってはみたものの。

「こんなにチンチン震わせて言っても説得力ないっしょ。キンタマも揉まれたいんじゃん？」

「あ……そ、それなら、私がやりますっ。あの……キ、キンタマ……揉ませて下さい！」

あっさりとカレンにあしらわれ、さらにはゆかり先輩がとんでもない名乗りをあげる。

「おー、ゆかりセンパイ超やる気だ。じゃあ、一番はセンパイに譲るってことで」

勝手にカレンから玉揉みの権利を譲られて、ゆかり先輩の手が伸びていく。

「それじゃ……失礼して……」

おずおずと遠慮がちな仕草で、ゆかり先輩の手が柔らかい睾丸を下から包み込む。

「あ……すごく柔らかい……オ、オチンチンの方はあんなに硬いのに……」

ギチギチの肉棒とは全く違う、ふにゃっとした感触に驚きの声が上がる。

「んとね、最初は優しく、くにくに揉んであげるとい－みたいだよ、ぶちょー」

「みあかさん……優しく、くにくにと……ね？」

みあかの言葉に頷きながら、ゆかり先輩の手が柔らかく袋を揉んでいく。

「……ぅ……！」

「うぁっ！　こ、こっちも跳ねたっ！　感じてるの……？」

優しい指使いに、分かりやすく肉棒が跳ねて、間近のありか姉ちゃんがたじろいだ。

「ありかセンパイ、今しごいたげたら、結構クるんじゃない？」

「あ……そっか。前と……同じ感じでいいのよね……ラケットを握って……んっ」

カレンのアドバイスを受けて、ありか姉ちゃんが指を絡めてくる。

ゆかり先輩の優しいマッサージに、ありか姉ちゃんの手コキが加わり、肉棒は益々興奮させられていく。

「あ……くちゅって音がしてきた……これ、アレでしょ？　近いんでしょ？」

「こ、こっちは……その、キ、キンタマが……硬くなってきましたわ。これって……」

射精が近づいているサインに気づくが、慣れない二人は戸惑いを増すばかり。

「と、とにかく動かしたらいいんじゃん？」

揃って息を呑みながら、じわじわと俺に刺激を送り込んでいく。

「く……ぅっ……ちょ……ふ、二人とも……ヤバっ、あ……くっ！」

余裕をなくす俺に、ここぞとばかりにみあかが割り込んでくる。

「もうすぐ射精するんだよ。ほら、あーちゃんも、もっとしごいたげて！」

「わ、分かってる！　ほ、ほら……出すんでしょ？　さっさと……出しなさいよっ……！」

みあかに煽られて、ありか姉ちゃんの手コキがどんどん速くなっていく。

じわりと腰から広がる快感は、あっという間に全身へと巡り、再び熱を持って股間の中心へ行き——

「うっ……うぁぁっ……！」

びゅるっと吹き出した精液は、まず姉ちゃんの手をべっとりと汚し、そのまま続けてゆかり先輩の手にもかかっていく。

「う……わ……なんっ、ちょ……出すぎでしょ……ネバネバが……」

「あぁ……ぬるっとして……あったかいのが……ふぁぁぁ……」

その生々しい感触に圧倒され、二人は揃って顔を見合わせる。

ひとまず刺激は止まったものの、まだ肉棒に痺れが残るまま、びゅる、びゅると精液が溢れ続けた。

「んっ……やっぱり変な感じ……悠人の、オチンチンから……こんなに出たのよね……」

「これが、赤ちゃんの元になるものなんて……本当に不思議な感じですわ……」

射精が終わっても、まだ二人は深い余韻に浸りながら、まじまじと手についた精液を眺める。

「ちょっとー、二人とも先にやっちゃうのはいいけど、ぼーっとしすぎ！」

「うん、そろそろ順番は替わってもらってもいいかなーって」

呆けていた二人に、みあかとカレンが順番を催促する。

「あ……そ、そうよね、ごめんなさいっ」

そそくさと先輩が後ろに下がると、ある意味でより怖いもの知らずの二人が肉棒に手を伸ばした。

「てことで～、今度はみぃ達の番ね。おにぃ、よろしく～」

「よ、よろしくって……おい、まさかこのまま……うっ⁉」

言い終わるより先に、みあかは射精したばかりの勃起を握り、柔らかくこね上げてくる。

「ちょ、ちょっと待てっ、出したばっかりは……まだ……っく！」

「アタシはキンタマの方ね。おぉ、ぶよぶよしてるんだ……へぇぇ」

「カレンまで……あ、うくっ！」

今は敏感だからという訴えは全く聞き入れられることもなく、二人の指が同時に絡み合ってくる。

「すごぉい……全然ちっちゃくならないじゃん。これがビンビンって言うんだよね？」

「シワがザラザラしてる所、敏感そーだわ。どう、ミィ。そっち反応してない？」

「してるしてる。手、添えてるだけなのに、ピクピクってしちゃってるよ。かーわいい♪」

年上二人の愛撫よりも、今の二人の指の方が、遠慮も物怖じも感じない。

もちろん俺の意向を聞いてくる筈もなく、自分達の思うままに、敏感なポイントを次から次へと弄ってくる。

「えっと、亀頭はいいとして……ここが裏すじ……それから……カリ首だっけ？」

「うぉ⁉」

「あっ、結構きてる！　そっか、おにぃはこの辺が気持ちいいんだ～」

一度しているぶん、さらに細かいポイントを探るようにみあかの指は蠢いていく。

「へぇー、キンタマもコレくらいまで縮む感じになるんだ。お、チンポ反応してる？」

そしてカレンも負けてない。触るのに何の躊躇もなく、袋の皺をくすぐりながら、優しく睾丸をマッサージする。

息の合った愛撫が、波状攻撃のように俺の股間に押し寄せ、一度射精したペニスはすぐに次の準備を整える。

「あ……何か、キンタマちょっと硬くなってきたかも。くにくにしてる手応えが変わってきたよ」

「カレンちゃん、それってもう次が出ちゃいそうになってるんじゃない？」

飲み込みの早さも抜群に、みあかが俺の状態を見抜いてくる。

「なるほどねー、で……どうなん？　射精しそう？」

「わ……分かってんだろっ、こんな状態見てたら……く……あっ！」

「ふふっ、だったら、早くビュルって出しちゃお、ほら、こすこす～♪」

楽しげに言いながら、みあかはさらに顔を近づけ、ここぞとばかりに竿を扱く速度を上げてくる。

「おぉー、気持ちよさそうな顔して。いーよ、イッちゃいなー」

さらにカレンも合わせて玉を揉み込みまくれば、もうせり上がる感覚に逆らえる筈もない。

「あ……あぁっ、ま、また、出るっ……！」

元気に迸った精液は、すぐ目の前まで近づいていたみあかの顔面にまともにぶっかけられていく。

「あんっ⁉　んんっ、すごいの……出たぁっ……」

鼻の頭から頬まで、ビュルリと半濁のエキスがへばりつき、みあかは思わず目を瞬かせた。

「ちょっ、みぃ大丈夫？　そんな顔近づけたら、そうなるに決まっててんでしょ」

「みあかさん……顔がヌルヌルに……あ、そうだティッシュを……」

「大丈夫だよ、分かってて、分かってたんだからへーき、へーき」

心配そうな年上組に、何でもないとばかりにみあかは笑った。

「分かってってって……何でわざわざ顔を汚すのよ」

「だって、あーちゃんもぶちょーも、ぶっかけされてるじゃん。そんなの不公平だもん。みいもぶっかけられたいもん」

思わず呆れつつも、顔に精液をまみれさせて、うっとりと微笑むみあかの表情は何だか無性に色っぽい。

妹なのに……そんな風に思いつつも、ペニスの方は正直に反応し、さらに残っていた精液を迸らせる。

「きゃあっ⁉」

今度は油断していたカレンの顔に、思い切り精液がぶっかけられ、少し意外とも言えるような可愛い叫びが上がった。

ryumai

「ちょっと～、アタシはべつに不公平とか思ってないんだけどー？」

「あ……ご、ごめん……んっ、くっ！」

ぼやくカレンに謝りつつも、お返しとばかりにさすられる睾丸愛撫の気持ちよさに、まだドロリと新たな白濁が溢れ出る。

「まだまだ出てるじゃん。全然反省してないんじゃないのー？」

「い、いや……とりあえず手を止めてくれると……」

「あ……そーいうこと。はいはい」

半ば無意識での愛撫に気づき、カレンがそっと手を放す。

「これで、みんな顔にかけられちゃったね。おにぃってば、結構絶倫～」

「はぁ……はぁ……はぁ……はぁ……」

半ば無理矢理搾り取られたようなものだったが、体には今もじぃんと心地よくけだるい快感が残っている。

「あ……しぼんできたわ……さすがにもう打ち止めか～」

「あの……本当にお疲れ様。ありがとう、悠人くん」

「おにぃ、お疲れ～」

「ま、しばらくは休んどくといいかもね。ティッシュいる？」

「はぁ……ははっ……」

ようやく終わったという疲労感の中、しかし全員が自分の出した精液を顔に受けているという状況に、まだ密かに疼くモノを感じる。

(とりあえず……目には焼き付けておこう……)

何だかんだで、めったに見られる光景じゃないことは間違いない。

自分でも妙な逞しさを自覚しつつ、俺はしばらく起き上がらず、深い余韻に浸るのだった。

＊　＊　＊

「洗濯はよし……ボール準備もよし。次はっと……」

みんなが練習を始める中、一人マネージャー業務に奔走する。

友人連中には、そんなに仕事ばっかりさせられて辛くないのかと聞かれたこともあったが、不思議と充実していて、辛いという気はしなかった。

(まぁ……今の役得を知ったら、むしろみんな代われって言ってくるかも知れないけど……)

とは言え、それは俺が望んで仕向けたことでもないし、一応は本番での度胸付けという名目があってのことではある。

むしろ大変なのはそっち……と言えなくもないが、まあそれが理解されることもないだろう。

「そうだ、前の練習試合のデータ編集でもしておくか……」

残っていた作業を思い出し、俺は部室へと戻っていく。

「えっと……これか」

自前のハンディカメラで撮った映像を、後でフォームチェックがしやすいようにＰＣに移してまとめておく。

映っているのは、この間撮ったばかりの姉ちゃんとゆかり先輩のラリーだ。

正直、勉強会の成果なんて疑わしいと思ってたが、二人の動きは間違いなくよくなっている。

（確かに効果があるのかな……どうなってるんだ……）

複雑な気分になると同時に、昨夜の反省会が思い起こされる。

あれは、ありか姉ちゃんとゆかり先輩が一通りのラリーをして手応えを掴んだ後だ。

「この調子ならもっと色々やってみる価値はあるわよね……」

「ありか、色々って……どういう？」

「それは……い、色々よ」

恥ずかしさが先に立つのか、言葉を濁す姉ちゃんだったが。

「にゃるほど～、つまりパイズリとか、フェラチオとか、もっとだいたーんなコトをしちゃうって感じかな？」

諸悪の根源と言ってもいいみあかが、また余計なことを吹き込もうとしていた。

「パ……パイズリというのは……あ、あの動画で見た……」

「そうでーす♪　えへへ、おにぃばっかりオチンチン見せるのは不公平だし、勉強会メンバーはみんなおっぱい大きいし♪」

「や、で、でもそれはちょっとやりすぎじゃない……？」

流石に理性を働かせて、姉ちゃんがみあかを窘める。

「じゃ、あーちゃんはやめとく？　べつにイヤならしなくてもいいし」

「だ、誰がイヤなんて言ったのよ。やったろーじゃないのよっ！」

しかし、あっさりと妹にコントロールされて、まんまと乗せられていた。

「でも……そういうことですと、その色々と皆の前でというのは……」

「んー、最終的には慣れた方がいいと思うけど、いきなりはきついかー。じゃあ、クジで順番決めるとかは？」

戸惑うゆかり先輩に、みあかはすかさず代案を出してくる。

「つまり、佐野を時間制で貸し出しするとー」

「カレンちゃん正解！　ってことで、おにぃ、そういうことになったから♪」

「そ、そういうことって……お、おい、勝手に……」

「それじゃ、クジを作るわね。アミダでいいかしら……？」

さっきまでの戸惑いもどこへやら、ゆかり先輩は早くもクジを作り始めていた。

（で……）

それぞれの練習時間の合間に、順番に相手をすることが決まってしまった。

その結果、アミダを作ったゆかり先輩がラストまで残った一番手の権利を獲得し、今日から二人で勉強会をすることになっている。

（二人でって……そういう、こと、だよな……こ、こら鎮まれ……）

いよいよ本来の目的から脱線してる気もするが、これからのことを思うだけで、あっという間に股間がむくむくと頭をもたげてくる。

目の前の作業に集中……しなきゃと思いながらも、期待感にズボンの前が落ち着かない。

（どうする……いっそ、一回ちょっと……）

出してしまったら……なんてバカなことを考えたその時。

「あら、悠人くん。ここだったのね」

「うひゃぁっ⁉」

不意に入ってきた桜子先生に、俺は思わず声を裏返して叫びを上げた。

「えっ……？　ど、どうしたの？」

「あ……桜子先生……い、いえ、すみません。あの、何でもないです」

あたふたと首を振り、股間が目立たぬようそっと体を後ろに向ける。

「何でもないってことはないでしょう。もしかして具合が……」

不自然にうずくまる俺に、桜子先生が慌てて駆け寄り正面を向かせる。

「あ……あら、その……これは」

小さな咳払いとともに向けられた桜子先生の視線は、ズボンを思い切り押し上げている膨らみに集中していた。

「いっ、いや、違うんです！　これは……あのっ！」

正直何も違うことなんかなかったが、完全な現行犯に、俺は慌てて前を押さえる。

だが、もう桜子先生はそれを咎めるでもなく、何度も頷いてみせた。

「そうよね……こんな女子ばかりの環境の中で合宿なんてことになったら……溜まっちゃうのも仕方ないわよね」

「えっ？　いえ、あの、そういうわけじゃ……そ、そうだ、俺、タオルを準備しないと……」

「あっ、ダメよ！　そんな状態でみんなの前に出ちゃっ！」

「えっ……うあっ、さ、桜子先生⁉」

慌てて部屋を出ようとする俺をぎゅっと引き止め、その勢いのまま桜子先生の体が密着する。

正面から抱きつく格好になり、そのまま膨らんでいる股間が桜子先生の太腿部分にぴたりとくっつく。

「あ……す、すごい……ズボン越しなのに、こんなになっちゃってるのね……」

さらに顔を紅潮させながら、おずおずと先生の手が股間に触れる。

「っ！　せ、先生……あの、これは……」

「大丈夫……分かってるわ。べつに悠人くんが悪いわけじゃないのよね。仕方ないことだもの……」

俺を咎めるでもなく、桜子先生は小さく首を横に振って笑ってみせた。

「でも、確かに心配していたの。貴方がモヤモヤを溜め込んじゃってたら、よくないんじゃないかって……」

あまり俺の話を聞こうとしないまま桜子先生は一人頷くと、そのまま俺の正面にしゃがみ込む。

「そうよ……女の子ばかりの所に男の子一人じゃ、いつ野獣になってもおかしくないもの……だったら……」

「いや、先生……何を」

「だ、大丈夫よ……じっとしてて……溜まってるの、出しちゃいましょう……？」

そのまま、するりとズボンが下ろされると、ストッパーを失ったペニスがぐっと天を向く。

「う……」

「あぁ……ピンとして……凄いわ……これ……」

萎えるどころかさらに勢いを増した勃起を、桜子先生はうっとりした表情でさすってくる。

「えっと、ちょっと待ってて……んっ」

そう言ってごそごそと前のボタンを外すと、先生はそのまま一気にブラも外して、たわわな膨らみをあらわにした。

目の前に放り出された、見事なボリュームのおっぱいに、それだけでピンと勃起が跳ねかける。

さらに先生はそのまま体を近づけると、痺れる勃起にむにゅりとおっぱいを挟み込ませてきた。

「せ、先生……そんなこと……」

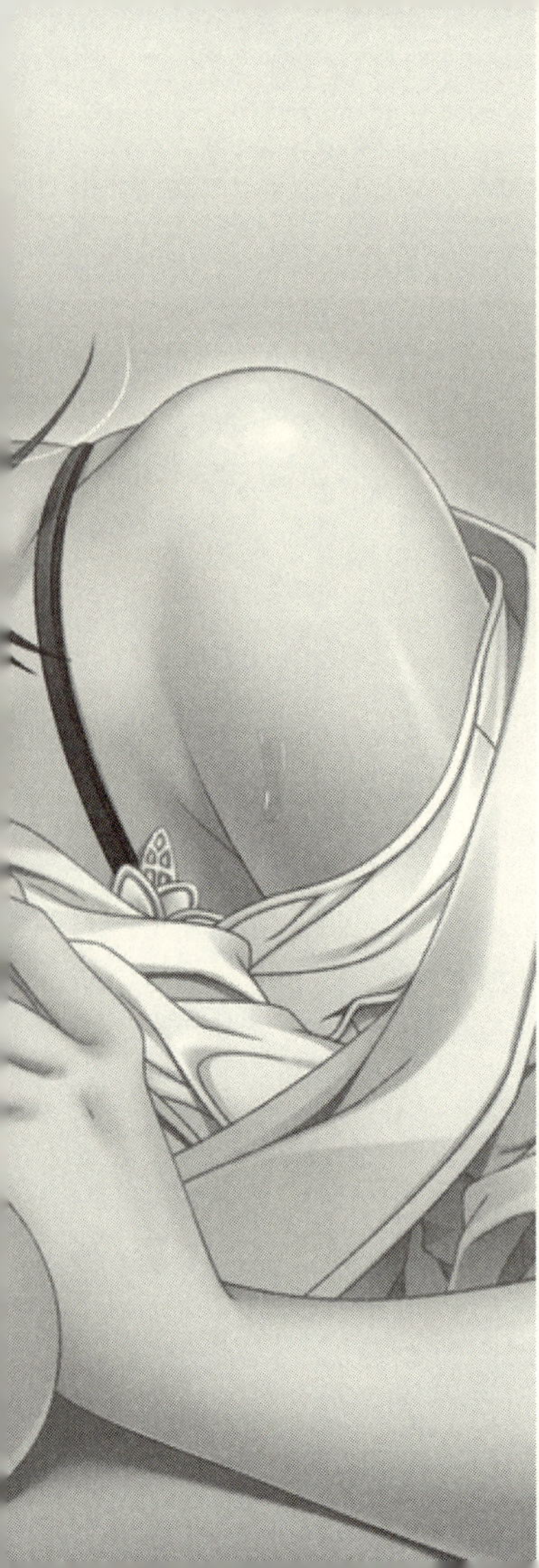

まさかの行為に、俺はどうしてという表情で桜子先生を見る。

「あ……あのね、友達から聞いたのよ。男の子は胸でしてあげるのが、とっても好きだからって……あ、イヤだった？」

「い、いえっ！　そんなことっ……あの、全然っ……」

「そう……よかったわ。あの、うまくできるかは分からないけど、精一杯頑張るから……」

うっすらと微笑んでそう告げると、桜子先生はそっとおっぱいに手を添え、ゆっくりと動かし始める。

「んっ……ビクビクしてる……充血して、血管がこんなに……ずっと我慢して辛かったでしょう？」

まるでいたわるように言いながら、桜子先生は柔らかい胸を、ぐにぐにと幹全体に押し付けていく。

じーんと広がる柔らかくて、温かい感触。こうしてみると、部員の誰よりも大きいかもしれない……そんなことを思うくらいに、目の前の膨らみは迫力があった。

「んっ、はっ……もっと、おっぱいくっつけてあげないと……んっ」

さらに体を密着させ、桜子先生がリズミカルに両房を肉棒に押し付ける。

じっとりと篭った熱がお互いの肌に汗を浮かせ、それが新たな潤滑剤となって、くちゅっと湿った音をさせていく。

「あ、んっ……先っぽからおつゆが浮いてきたわ……」

「それは……んんっ……」

「いいのよ。出そうになってるのよね？　このまま、おっぱいで気持ちよくなってね……」

亀頭をじっと観察しながら、桜子先生の胸の動きはいっそう勢いを増していく。

乱れた息遣いに、徐々にうっとりしてくる桜子先生の表情も相まって、どんどん熱くなっていく股間。

「せ、先生……俺……もう……」

「んっ、あぁ……出るのね？　いいわ……いつでも、好きな時に出していいから……」

優しく微笑みながら、さらに胸を寄せてぎゅっと亀頭を圧迫する桜子先生のおっぱい。

むぎゅっと包まれながらの蕩けそうな感覚に、長く我慢はしていられなかった。

「あっ……出るっ……！」

ブルっと腰が震え、胸の谷間深くにびゅくびゅくと精液が注がれる。

「ひあぁんっ！　あっ……んっ……熱い……！」

ドクドクと溢れる精液に、桜子先生は慌てて肉棒をしっかりと挟み込み、谷間から逃さないように受け止める。

「やっぱり濃いわ……こんなにねっとりして……んっ、沢山……」

さらに二度三度と腰を震わせて、ゆっくりと射精が落ち着いていく。

しかし、まだ肉棒は全く硬度を失わない。桜子先生の胸の中で、まだ出せるとばかりに、そそり立っている。

「あ……やっぱりこれだけじゃ収まらないわよね……」

もう驚く様子もなく、桜子先生はそのまま胸を寄せ直し、そのままパイズリを続行する。

「ちゃんと落ち着くまで、しっかり出しちゃいましょう……んっ、ふっ……」

しっとりした肌に精液の粘りが足され、亀頭へ広がる快感は増幅されていくばかり。

「はっ、んっ、あ……んんっ……オチンチン、ぬるぬるして……あぁ……くちゅくちゅって……はぁん……」

そして、桜子先生も自らの行為に悩ましく喘ぎながら、感度と興奮を高めていく。

「はぁ……んっ、はぁっ……ど、どう？　オチンチン気持ちいい？」

「先生……はい、これ……すごく……気持ちいいです……」

「んっ、そう……そう言ってもらえると、先生も……嬉しくなっちゃうわ……んっ、ふっ……！」

吐息混じりに答えながら、乳房がいっそう大きく揺れて扱かれる。

「先生も……気持ちよくなってるんですか……？」

「そ、それは……もうっ、そういうことを女性に聞くものじゃありませんよ？」

聞き返す俺に顔を赤らめつつ、桜子先生はそれを肯定するかのように、いっそう動きを大胆にさせていく。

「は……んっ、はぁっ……ち、乳首も当てて……んっ、にゅるって……させて……あっ、はっ、んぁあっ……」

「せ、先生……ま、また……そこは……っく！」

「あ……イ、イキそうなの……？ それじゃ……は、んむぅ……」

次の射精が近いことを悟り、先生は谷間から飛び出た亀頭を口に咥える。

「ふぉら……こうひないと……服が汚れちゃうから……んりゅ……はむぅ……」

唇に包まれる快感に加え、もごもごという口内の動きも敏感なポイントを刺激する。

「じゅぱ……ちゅぷ、んむ……ふぁふ……んっ、さ……まら……らひて、んりゅ……じゅぷっ、んふぅっ……」

ちゅぷっとさらに深く竿を咥えられ、今までにないほど強く先端を吸い上げられる。

「くっ……せ、先生っ……ま、またっ……！」

一気に押し寄せる快感に逆らえず、俺はグッと腰を突き出し、そのまま耐え切れずに射精していた。

「ふぶんっ!? んんっ、んっ、んふぅう……ん……んんんんっ」

ドクドクと尿道を通りすぎる快感を味わいながら、先生の口内に精液が注がれる。

その勢いに驚きながらも、桜子先生はペニスを放さず、ゆっくりと精液を飲み干し、そっと口を離した。

「ん……いっぱい出たわね……これで、だいじょうぶ……でもないのね」

唇を離して、肉棒の状態を確かめた先生は、まだまるで収まる気配のない隆起に少し呆れたような顔をする。

「す、すみません……」

続けて射精はしたものの、みっちりと埋め込まれた肉厚の感触が、まだまだ肉棒をヒクつかせている。

「そう……よね。やっぱり、本当にして……抜いてあげないと、ダメなのね……」

「え……ちょ、ちょっと……先生？」

何かを勘違いしたまま、決意の表情で頷く先生に、何だか嫌な予感がする。

「そうよ、これも大事な生徒の為なんだから……」

「先生あの……何を……うわぁぁぁっ！」

戸惑いの声に構わず、先生は俺を押し倒すと、そのまま真上からのしかかってきた。

「んしょ……よい、しょ……」

跨る前にするりと下着を脱ぎ下ろし、さらにスカートが捲られる。

「せっ、先生っ⁉　な、何やってんですか！」

「だ……だって、おっぱいじゃまだ治まってくれないなら……後は、ちゃ、ちゃんとしないとダメでしょう……？」

「ど、どんな理由ですか！　いや、さすがにマズいですって、これっ……」

すぐ目の前に見える、女性の大切な場所。

あらわなままのおっぱいと相まって、もちろん肉棒は落ち着くどころか漲りを増す一方だ。

「あぁ……またピクピク震えて……やっぱり若いと、すぐ溜まっちゃうのよね？」

「そ、それはそうかも知れませんけど……先生、いや、そうじゃなくてあの……」

「大丈夫……これは、悠人くんと先生だけの秘密にするから……」

むにゅっと勃起が指に挟まれ、先生の入り口に宛てがわれるだけで、快感に体の力が抜けていく。

腰を引こうにも、しっかり上に乗られた今の状態ではどうしようもない。

「あ、あの……先生……こういうの、慣れてないから……お、おかしかったらごめんなさいね？」

桜子先生はそのままゆっくりと腰を落とし、ずぶりと挿入を果たしていた。

「は……んんっ、あ……くぅぅんっ！」

ずぷ……ずぷっと、腰が徐々に奥へと沈み、桜子先生の口から生々しい喘ぎが響き渡る。

（う……わわっ……）

そして、同時に俺の亀頭にじゅわっと広がる、熱くヌラヌラとした高揚感。

それは、パイズリとも、手コキとも、フェラチオとも違う、ぐにゃりとした不思議な快感だった。

「は、入っちゃったわ……うくぅっ……き、きつい……けど、でも……これくらい……我慢しなきゃ……」

痛みに顔をしかめつつも、桜子先生はしっかりと埋め込まれた肉棒の感触を堪え、ほう

っと深く息をつく。

　そこに、いわゆる大人の余裕は全くない。ある意味、俺よりいっぱいいっぱいという雰囲気だ。

「せ、先生……」

「あ……ま、待ってね……もう少ししたら、何とかできると思うから……」

　強がりながら、静かに呼吸を落ち着けると、先生はゆるゆると腰を浮かせていく。

「は……んんっ、くぅ……大きい……こじ開けられて、んく、いくみたい……」

　しかし桜子先生の方は、俺よりも余裕はない。体が動く度にぎゅっと眉間に皺が寄り、痛みを堪えている様が見て取れる。

「せ、先生……大丈夫ですか？」

「は……んんっ、あ……大丈夫よ……ダメね、私……相手の人に心配をかけさせちゃうなんて……」

　うっすらと微笑みさえ見せながら、桜子先生はなおもゆるやかに腰を振り立てる。

「大丈夫……んっ、ちょっと痛いけど、でも……これくらいなら……は、ふっ……」

　小刻みに漏れる喘ぎが続くうち、ギチギチだった膣内は少しずつぬかるみを増して滑りやすくなってくるのが分かる。

「は……んんっ、あ……ちょっと、よ、よくなってきたかも……」

　少し声音に甘さが出てくると、抽送は徐々に勢いを増していく。

「んっ、んくんっ、はっ、あっ……んんっ、はっ、あ……んんっ……」

部屋の中に響く喘ぎと、ぱつんと腰を打ち付ける音がよく響き、下半身にじわじわと快感が広がっていく。

「うく……」

このまま身を任せてしまっていいんだろうか。快感を堪えながら、落ち着きなく周囲を見渡す。

「「んんっ……」」

ふと、喘ぎ声が一瞬二重になって聞こえ、さらに窓の所にちらりと人影が見えたようにも思える。

「え……？　あの……だ、誰か、そこ……」

「んっ……ダメよ……悠人くん。こういう時に、よそ見なんてしちゃ……集中して？」

「んんっ！　は……はひっ！」

きゅっとくびれの部分を締め上げられて、俺の注意が四散する。次に、同じ所を見ると、もうそこに人影は全く見えなかった。

（き……気のせいだったのかな……うっ⁉）

まだ、ちらりと視線を泳がせる俺を咎めるように、強い締め付けが股間を襲う。

「また、少し上の空になってる……こんな時は、他のことは考えないで……女の子を見てあげないとダメなんですからね……」

恥じらうように言いながら、さらにリズミカルに腰を揺らしてくる桜子先生。

くちゅんと響く音がより派手さを増し、また新たな快感が腰に広がっていく。

「先生……なら、俺も……んっ……」

その懸命さにほだされ、俺も先生に感じてもらおうと、ピストンに合わせて腰を突き上げる。

「あっ……！　悠人くん……んっ、急に……どうしたの……？」

「自分ばっかりじゃ……先生にも気持ちよくなって欲しいですから……」

照れくささを押しやり、俺は腹筋に力を込めて、さらに桜子先生を突いていく。

「はっ、んふっ……あ……悠人くんも、頑張ってくれるのね……？　んっ、嬉しいわ……あんっ！」

俺の動きに微笑んで、先生もいっそうリズミカルに腰を振る。

随分とスムーズになった抽送は、じゅぷじゅぷと下品な音を響かせて、いよいよ熱を帯びていく。

そしてジンジンと広がる股間への痺れが、次の射精の瞬間を知らせてくる。

「せ、先生……俺……も、もう……」

「あ……出ちゃいそうなのね……？　えっと……そ、そのまま……だと、あ……」

勢いのまま直接してしまっていることに気づき、桜子先生は急におろおろし始める。

「ふ、服は汚せないし……でも、な、中は……あ……ど、どうしたら……」

迷っている間も、桜子先生の動きは止まらない。そのままじわじわと快感が広がり、いよいよ俺に余裕はなくなってくる。

「だ、ダメです……先生……これ以上は……」

「はっ、んんっ……わ、分かったわ……こ、このまま……先生の中に……出して……あ……んくっ！」

どさくさ紛れにとんでもないことを言い始める桜子先生に、流石にためらいが強くなる。

「その一応、大丈夫な日だから……い、一回だけなら……ね？」

「は……はい。っ……うっ、くぅ！」

お許しの言葉と同時にもたらされる柔らかい締め付けが、キュンと肉棒に絡みつく。

同時にじゅわっと浴びせられる愛液シャワーに、ひとたまりもなく射精させられる。

「あ……っふぁ……な、なか……きてる……熱いの、んんっ……出てきてるっ……」

びゅくんと奥に精液が放たれて、腰を突き出す格好のまま、その熱に耐える桜子先生。

そのまま、ひくん、ひくんと、断続的な収縮を重ねて精液を搾ると、行き場を失った白濁が結合部からどろりと溢れ出た。

「はふっ……」

肉棒が抜かれると、同時に肉裂からは出したばかりの精液がどろりとお腹に垂れ落ちる。

「すごく……濃いの……こ、こんなに出してたなんて……」

まだ少し呆然と生々しい光景を見つめながら、桜子先生はそっと自らのお腹に手を当てる。

「初めてなのに……教え子の赤ちゃんができてたら……私……あぁ……」

不安げに言いながらも、その顔はどこか満たされたような、うっとりとしたものだった。

「悠人くん……床の方とか、大丈夫……？」

「は、はい。全部綺麗になったかと……」

飛び散った体液をティッシュで綺麗に拭い取り、服の皺も伸ばして身繕いを済ませる。

改めて元通りになったところで向き合うと、何だか今更のように恥ずかしさと気まずさが蘇ってくる。

「あの、先生……」

「……も、もう……大丈夫よね？」

「あ……は、はい。その、お陰様で……」

「そう……それなら、よかったわ……ふふっ」

一体どうして……そう聞きたい気はしたが、今更確認するのも気恥ずかしくて、上手く言葉にはできなかった。

「その……もし、また溜まっちゃうことがあったら、遠慮なく言ってね？　先生が何とかしますから」

「は、はい。あの、大丈夫です」

お互いの言葉数が減り、空気はますます微妙な感じになっていた。

「えと……そ、それじゃ、先生は戻りますから」

「は、はいっ、お疲れ様ですっ」

結局、間がもたないまま逃げるように先生が部屋を出て行き、ぽつりと一人部屋に残される。

「はぁ……」

何とも言えない緊張感から解放され、俺は深々とため息をついてベンチにもたれた。

「して……しまった……」

思いの外押しが強かったというのもあるけど、俺の流されっぷりも早かった。

あれが大人の女性って奴なんだろうか……。

手や口や胸でしてもらうのとは全く違う、直接的な行為での快感は、思い返すだけでもグッと股間が熱くなってくる気がする。

この後、ゆかり先輩と個人レッスン……ちゃんとできるんだろうか。

(っと……そうだ、換気もしておかないと)

落ち着いてから気がついたが、部屋にはまだ結構な淫臭が立ち込めている。

空気を入れ替えようと、窓の外に目を向けると——

「……っ⁉」

ガサッと茂みをかき分ける音と同時に、窓の外に何か影が見えた気がした。

（ま、まさか……）

がらりと窓を開けて慌てて周囲を見渡す。

時間を見ると、まだゆかり先輩との約束には少し早いが、几帳面な性格を考えると早く来ていた可能性も……。

背すじに嫌な汗をかきながら、俺は部屋を飛び出した。

＊　＊　＊

「……参ったな。もしかして、本当にゆかり先輩……部室に来てたんじゃ……」

タイミング的に、モロに桜子先生とのアレを見られた可能性もあるんだが……。

ともあれ、その事を確かめようにも肝心のゆかり先輩の姿がなくては話にならない。

「もうちょっと探してみるか……」

行き違いで、部室棟の中にいるのかも知れない。

おかしいなと思いながら、辺りを見渡していると、ふと何か小さく声が聞こえた気がした。

（何だ……？　茂みの方……？）

気になって、俺はゆっくりと足をそちらの方へ忍ばせる。

と、木々の立ち並ぶその先に、ゆかり先輩の顔がちらりと見えた気がした。

「先輩……いるんですか……？」

そう言いながら、茂みをかき分けようとした瞬間。

「……っ!?」

目に飛び込んできた光景を前に、俺は思わず言葉を失った。

「は……ぁ……んっ……あ、ふっ……！」

茂みの奥から微かに漏れる悩ましい喘ぎ声。

片手にはラケットが握られ、アンスコの上からグリップをぐいぐいと押し当てている。

（ゆ、ゆかり先輩……）

「あぁ……ダメ、ダメよ……こ、こんなの絶対にダメ……で、でも……体が熱くて……止まらない……」

ダメを繰り返しながら、手にしたラケットで夢中で股間の土手を撫でてしまってる。

何をしているかは一目瞭然。ゆかり先輩は、正にオナニーの真っ最中だった。

「は……あぁ……大事なラケットなのに……あぁ、でもぉ……ここに当てると……」

ぐっと股間にラケットをめり込ませると、ビクッと体が小さく震える。

「あぁ、も、もう一回……あと一回だけ……んんんっ！」

そのもう一回の言葉とともに体が震え、再び指が次のもう一回に伸びていく。

もう、完全にオナニーをやめる気はなく、どんどん高みへと上り詰めていく様に、俺はすっかり目が離せなくなっていた。

「あぁ……止まらない……あんな、先生と悠人くんの………見てしまったらぁ……んんっ！」

（や、やっぱり見られてた……!?）

漏れた言葉にギクリと背すじが冷たくなる。

が、そんなことは露とも知らずに、ゆかり先輩は行為に没頭していく。

「あぁ……ここにも……オ、オチンチンが入っちゃったら……熱くて……硬くて、ビクビクしてるの入れてもらったら……！」

妄想をそのまま口にすることで、より高ぶりを増していくのか。くねくねと身を捩りながら、尖った乳首を押し潰し、体を熱くさせていく。

「は……んっ、あぁ……おっぱいも気持ちいい……悠人くんが弄ってくれたの、すごく気持ち……いいの……」

見ていた行為を自分に置き換えてイメージしているんだろうか。

悩ましい吐息が耳に響き、剥き出しになった太腿も眩しくて、気がつけば俺の股間もギチギチに硬くなっていく。

「んっ、も、もっと……そこ、ちょ、直接して……んんっ、あ、アソコにぃ……」

ゆかり先輩の方もいよいよ止まらない。募るもどかしさの中、遂にグリップが直接アンスコの中へ入り、そのまま素股のようにラケットが股間の表面を上下する。

「ひんっ！　あ……こ、こんなのダメ……強すぎちゃう……！」

股間を抉るようにラケットを押し付け、ゆかり先輩の体が何度も波打つ。

「だ、ダメ……声……出ちゃ……」

声を漏らすまいと目を閉じても、オナニーは止まらず、体もビクビクと震えを増していき、そして――

「んんっ、んんんんんんっ！」

最後はギュッと目を閉じたままピンと背すじを反らせ、ゆかり先輩は絶頂に達していた。

（ど、どうする……ひとまず退散しておいた方が……）

流石にこの場に乱入する度胸は持ち合わせていない。気取られないように息を潜め、踵を返そうとした瞬間――

「あ……悠人くん……？」

「えっ……？」

茂みの奥にいる俺の目と、ゆかり先輩の目がぴたっと合った。

陰から覗いていたとは言え、表情が見える距離であれば十分考えられること。

完全な失態にどうしようと動きが止まるが、何故かゆかり先輩は嬉しそうに微笑んでみせる。

「よかった……来てくれたのね……んっ、ふぁ……」

「ゆかり……先輩……？」

「ね……見て……ラケットじゃダメなの……私のここが、貴方のオチンチン欲しいって言って、我慢できなくて……」

しいらしい。

どうやら、まだ深い快感の余韻の延長線上にいるのか、俺が覗いていたという認識も怪しいらしい。

「お願い……これじゃ、みんなの所に戻れないの……だから、して……桜子先生と同じこと……私にもしてぇ……」

「先輩……」

既に理性が焼き切れかけている俺に、そんなおねだりの言葉を突っぱねられるわけがない。

いけないと思いつつも、体はふらふらと前へ進み、ゆかり先輩へと近づいていく。

疼く勃起が暴れて、窮屈でたまらない。もどかしさをいっぱいに感じながら、俺はズボンの前を外し、肉棒をあらわにさせていった直後──

「……え……？」

朦朧としていたゆかり先輩の表情がふと真顔に戻った。

そして──

「きゃあぁぁぁっ⁉」

ビクっと体を竦ませて、ゆかり先輩は慌てて背を向ける。

「え……あっ、う、嘘……あああのっ、わわわわっ……！」

「す、すみませんっ！　あのっ、俺、そんなつもりじゃっ！　い、いや……つもりはそうでしたけどっ、ち、違いますから！」

パニックが伝染し、自分でも支離滅裂なことを口走っていた。

とにかくゆかり先輩が正気に戻ってるということは、もうこれは答えは一つ、退散するしかない。

「大丈夫ですっ、俺は何も見てませんからっ、失礼します！」

「あっ……まっ、待って！」

「ぬわっ⁉」

その場を逃げようとする俺に、乱れた着衣のままタックルがかまされる。

「待って……行かないで……だ、大丈夫だから……あのっ、もう落ち着いてるからっ」

「わ、分かりましたから……先輩、パンツ……掴まないでもらえると……ぬ、脱げます」

「えっ⁉　あっ、ごごごごごめんなさいっ！　わわわたしっ……」

半分ずり下がっているズボンを慌てて放し、ゆかり先輩は赤面する。

「とにかくお互い、落ち着きましょう。冷静になって、それから……」

「そ、それはダメ……冷静に戻っちゃったら、私……！」

依然としてしっかりと服の裾は掴んだまま、ゆかり先輩は半泣きの表情で俺を見る。

「さっきのは、本当の気持ちなの……まさか悠人くんがいるって思わなくて、びっくりしちゃったけど……でも、体が疼いちゃってるのは本当なの……」

火照った顔を近づけながら、ゆかり先輩は切々と訴えかけてくる。

「だから、悠人くん、お願い……このまま続けて……」

「で、でも、本当にいいんですか？」

「これ……鎮めてくれるのは悠人くんしかいないの……お願い……」

ぎゅっと握り締めた手の力が、ゆかり先輩の本気を示している。

「本当に、いいんですね？」

「んっ……」

こくんと小さく頷いて、そのままゆかり先輩はまた羞恥に顔を隠してしまう。

一度外されたハシゴが再びかけ直されて、また目の前に据え膳が待っている。

思わず周囲を見渡すが人の気配はなく、今しかないという気しかしてこない。

「それじゃ、先輩……えっと」

再び体に近づいていくが、ゆかり先輩は顔を覆ったまま手を放そうとしない。

「ご、ごめんなさい……今、顔を見られると……は、恥ずかしくて死んじゃいそう……」

確かに首すじから耳元まで真っ赤になっている今、まともに向き合える状態じゃなさそうだ。

「分かりました。それなら……こんな感じでどうですか？」

「あ………」

顔を覗き込まないように互いの位置を調節した結果、初めてながらバックという姿勢ができあがる。

「カッコはちょっとアレですけど、顔は見えないです」

「え、えぇ……これなら大丈夫かも……あ、ありがとう……」

「いえ。それじゃ……」

ゆっくりとアンスコを下着ごと下ろすと、既に割れ目には大量に愛液が溢れ、うっすらと糸さえ引いてしまっていた。

「すごい……濡れてる……」

「あぁっ……」

思わず口にしてしまった感想に、またゆかり先輩の体がびくっと羞恥に小さく震えてしまう。

もうこれ以上焦らしてしまうわけにもいかない。俺は今度こそぴったりと肉棒を宛てがい、まず滑った愛液を軽く先端にまぶしてやる。

「んぁ……オチンチン当たってる……あぁ、悠人くん……私……もう……」

「はい……でも、先輩……先輩の初めて……本当に俺でいいんですか？」

「んっ……悠人くんだからいいの……わ、私の初めて……悠人くんにもらって欲しいの……」

「分かりました。ゆかり先輩……っ！」

これ以上の言葉はない。

俺はむくむくと肥大する欲望を堪え切れず、ずぶりと挿入を果たしていく。

「あ……くぅぅっ……！　はっ、んっ、んんんんっ！」

ずぶずぶとある程度の所まで肉棒が呑み込まれ、一瞬強い抵抗が押し返すように働いた。

だが、その反発に構わず、ゆっくりと力で押し込むように腰が沈む。

「う……くぅぅぅぅ……んんっ、は、ふっ……！」

さらにずぶりと勃起がめり込み、熱いぬかるみがじわっと亀頭を包み込んでいく。

「あ……あぁぁ……っくぅぅ……」

余裕のない声が漏れているが、ここまできたらやめられない。

抵抗に逆らって、そのままゆかり先輩を貫き、やがて根元まで肉棒が嵌り込む。

「んんっ、ふっ……ん！」

「ゆかり先輩……は、入りましたよ」

俺の言葉に口元を押さえたまま、こくこくと頷く先輩。

まだ余裕はなさそうだが、あまり時間をかけてもいられない。

「ゆっくり動かしますから……痛かったらすぐ言って下さい」

そのまま、慎重なスピードでゆっくりと肉棒を引き抜き、半分出た所で再び奥に戻していく。

「は……うっくぅぅ……んっ、あぁ……」

竿には破瓜の血がついて、結合部からつぅっと伝い落ちていく。

確かな初めての証に言いようのない満足感を感じるが、やっぱり出血は心配だ。

「痛くないですか……先輩？」

「んっ……ふっ、痛いわ……でも、痛いから……初めてをあげられてるのが、分かるの……」

声を震わせながらも、ゆかり先輩は満たされたように言って、ゆるゆるとお尻を振り立てる。

「不思議……い、痛い筈なのに……奥からじゅんってして……き、気持ちいいの……オチンチン、欲しくなっちゃってる……あぁ……」

「先輩……お、俺も……」

誘うような動きに我慢できず、自分からも腰を動かしていく。

ずるっと引き抜く瞬間に、ぬちゅっと湿った音が響き、亀頭に粘液がまとわり付くのが分かる。

「すごい……濡れてる。ゆっくりなら……大丈夫そうですね」

「え、えぇ……大丈夫よ……んぁ！ し、してぇ……」

痛みと快感とがないまぜになり、ビクビクとお尻を強張らせる姿が可愛い。

表情こそ分からないが、ひくひくと蠢く結合部は丸見えで、ゆかり先輩の興奮度を余すところなく伝えてしまってる。

「あぁ……どうしたの、悠人くん……じっとしてないで、も、もっとして……」

「は、はい」

思わず見とれていた俺は、気合を入れ直すと、再び肉棒を根元まで挿し込んでやる。

「うぅぅぅぅ……！ あ、あぁ……ひ、広がっちゃうぅ……！」

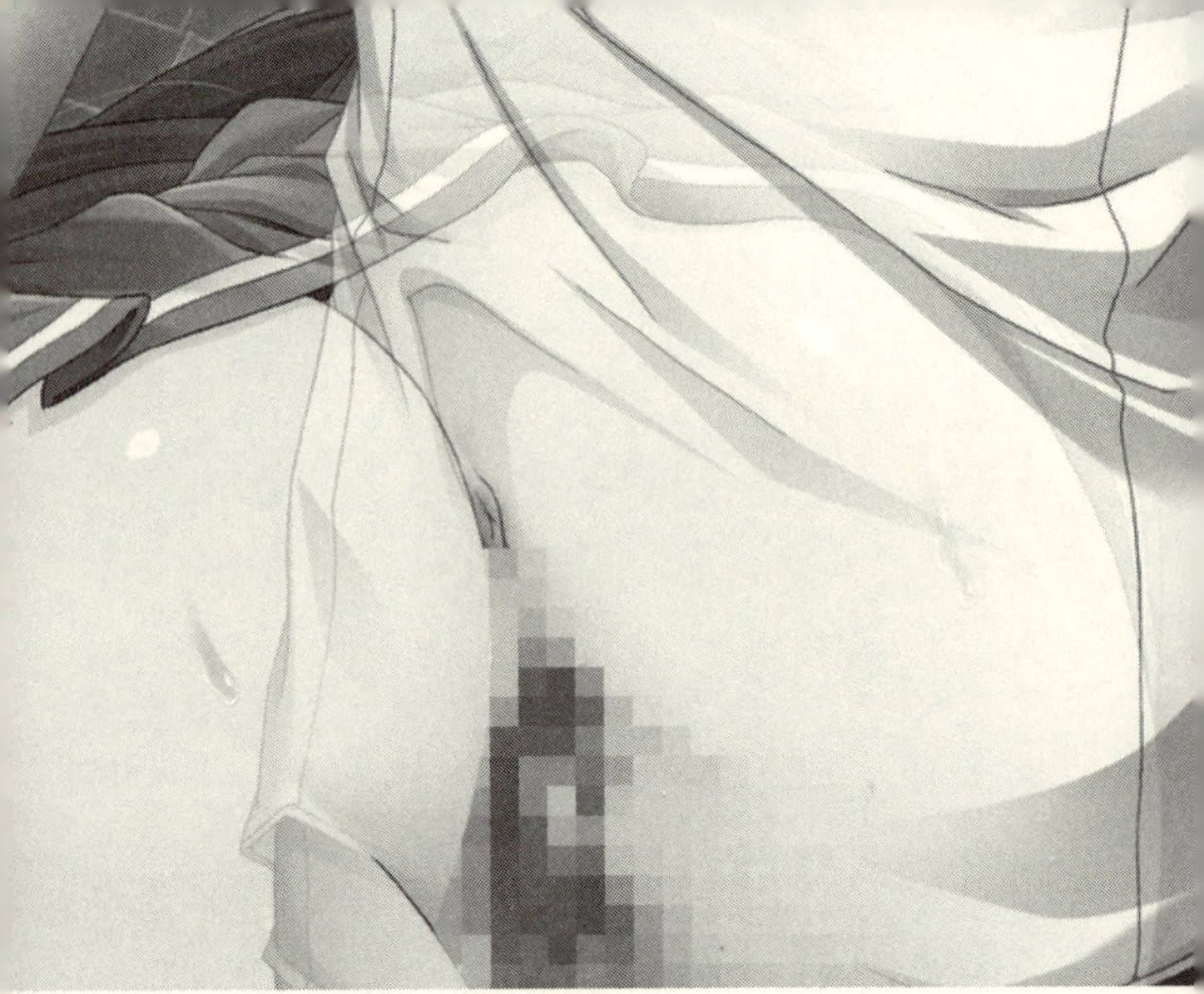

　みちみちと湿った割れ目をこじ開けて、熱い感覚を共有する。

　窮屈な膣道は、きゅっきゅっと何度も肉棒を締め付けて、俺の肉棒を放すまいとするかのよう。

「はぁ……んっ、あぁ……痛いけど、でも、これ……んっ、気持ちいいの、あぁぁぁ……」

　初めてでも、そこまで痛くない人はいるって聞いたけど、ゆかり先輩もその口だろうか。

「も、もう少し強くても……大丈夫だから、んっ、して、してぇ……」

　普段とは違うゆかり先輩のエッチな誘いに、俺はいよいよ止まらない。

「もっとですよね……こう、ですか？」

「んんんっ！　あっ、そ、そうっ……奥までぐりってぇ……！」

　言われるままに奥を貫くと、じゅわっと新たな愛液が溢れて亀頭を浸すのが分かる。

「ヌルヌルだ……このまま、どんどんかき混ぜて……」

「はっ、んっ、あふっ、あぁっ……おっきぃ……んっ、悠人くんのオチンチン……熱い……」

　最初は強張っていた膣口も、今は驚くほど柔軟にほぐれ、俺を優しく迎えてくれる。

「あぁ……吸いついてくる感じがたまらないです。ゆかり先輩……」

「んっ、ふっ、うくぅぅ……そ、そう、なの……？　んっ、わ、分からないけど……。悠人くんが……気持ちいいなら、う、嬉しいわ……はっ、んんっ！」

　無意識のうちに肉棒を包み、優しくくひ

だを絡ませてくるゆかり先輩。

　誘うようなヒクつきに、俺はなおも貪るように奥を突く。

「はっ、んっ、あぁ……お、大きい……太いの、奥までめり込んでくるぅ……」

　ぎゅっとフェンスを捕まえて、ゆかり先輩の体がビクンと跳ねる。

　と同時に、肉棒にもぎゅっと新たな収縮がもたらされ、じわりと新たな感覚がこみ上げる。

「うぅっ……せ、先輩っ、それ以上はヤバいですっ……も、もう！」

　流石にこのまま中出しはマズい。そう思って腰を引こうとするが——

「んっ、あっ、抜かないでっ……このまま、んっ、してっ……！」

「でも、中は……」

「はっ、んんっ、あぁっ……でも、抜いちゃダメなのっ、あっ、このままでっ、いいからっ、はっ、ひぁん！」

　よがりながらも、しっかりと膣肉を締めて逃すまいと太腿が狭められる。

　竿をぬめぬめとした感触がいっぱいに満たし、俺は一気に射精へと追い詰められていく。

「だ、ダメだっ……もう出ますっ、うぅうっ！」

「んぁぁぁぁっ！　あっ……くぅぅぅん！」

　堪え切れずにそのまま中に射精すると、ゆかり先輩はグッと背すじをしならせて、その感触にお尻を震わせた。

「あ……は、入ってきてるの……？　これが、しゃ、射精……あ、あぁぁ……」

小さく声を震わせながら、ひくひくと膣肉が収縮を繰り返す。

一度出てしまえばもう止まらない。溢れる濁流は瞬く間にゆかり先輩の膣内を満たしていく。

「あっ、んんっ……あったかいの流れる……いっぱいになってる、あぁ……こんな感じ、初めて……」

うっとりと呟きながら、まだねっとりと絡みつく膣壁に再びずくんと亀頭が疼く。

「ゆかり先輩……あと少し……んくっ！」

「んぁっ……はぁぁぁぁ……」

ドプンと再び膣内に流れ込む感覚に、ゆかり先輩はガクガクと体を震わせる。

と同時に、さらに精液を搾ろうと淫らな収縮がもたらされ、ビュルリと新たに溢れる感覚が下半身を満たす。

「あ……ま、また出てる……は……ふぁ……オチンチン凄すぎる……」

「先輩もイッたんですね？　体……まだビクビク震えてます……」

「イ……イった？　これが……んっ、そ、そうなのね……あぁ……」

俺の言葉で初めて認識したのか、ゆかり先輩は恥じ入りながらもう一度体をぶるっと震わせる。

「先輩……」

そよぐ風が心地よく、俺達はしばらくそのまま身を重ねていた。

＊　＊　＊

そしてまた、夕方にみんなが揃ってミーティング。

例によって俺のスマホで、みんなの動画鑑賞タイムが始まっていた。

「うわ……精液出てる……けど」

「こーして見てると、ふつーにおにぃの出す量の方が多いよね」

おさらいとばかりに鑑賞されたフェラ動画は、もうさほどの驚きもなく受け入れられていた。

「よかったじゃん佐野、みんな褒めてるよ」

「……全然そんな気はしないんだが……」

カレンの言葉を素直に受け入れられず、ただただぼやく俺がいる。

「んじゃ、今度はこっちかな？　生ハメ中出し連続発射だって」

「お、おい、みぃ……幾らなんでもそれはっ」

「ちょっと悠人邪魔。アンタは大人しくしてなさい」

よもやの本番シーン入りの動画にブレーキをかけたものか迷うが、あっさり姉ちゃんにさえぎられてしまう。

そして、部員達の視線は改めて新たな動画に釘付けになっていた。

「うわ……オチンチン、モロに入ってる……」

「そりゃ、チンポってその為のものだし」

「あんあん言って、女優さん結構気持ちよさそーだよね」

動揺する姉ちゃんに対して、カレンとみあかは特別驚く様子もなく淡々とした感想。

「や……でも、あ、あの大きさより……もっとデカいのよ？　アレが……あたしの中に……そ、そんなの……！」

だが、姉ちゃんはより生々しくイメージを膨らませ、妄想をヒートアップさせていく。

と――

「引き裂かれるような感覚はあるけど、中に入ってくると案外大丈夫なのよね……」

ぼそりと呟かれたゆかり先輩の感想に、カレンとみあかが目を丸くする。

そんな中、一人言葉の意味に気づかないまま、ありか姉ちゃんが問いかける。

「でも、やっぱり初めての時はすごく痛い……じゃない？　ま、まぁ、あたしの時はそうでもなかったけど！」

「そうね……行為中は夢中で、終わった後の方が痛くなってくるかも……」

「お、終わった後？　入れてる時よりも……？」

より生々しいゆかり先輩の言葉に、真剣に考え込む姉ちゃん。

「何て言うの？　異物感が消えない感じが続いて……結構意識するみたいな……」

「……ぶちょー、何かすごく詳しいね……って言うか、体験談みたいだね？」

「え……あっ、そっ、そうかしら？　あ……た、多分その、最近調べてたから……」

ハッと自身の暴走に気づき、苦しい言いわけをするゆかり先輩だったが、さすがに不自然さは拭えない。

「体験談……？　えっ、いや、何でゆかりが……？」

さしもの姉ちゃんも違和感に気づき、疑いの視線を向けてくる。

「ち、違うの……え、ええと、私はその……」

「てゆーか、ぶっちゃけヤったでしょ、部長と佐野」

もういいだろうとばかりに、カレンが核心を突いた。

「部長、何か動きにくそうにしてたし、佐野も気ぃ使いまくってたし、分かりやすいよねー」

「あぅっ！　あ……えっ、その……」

ここで詰まってしまった時点で、もう完全に認めてしまったようなものだった。

「ど、どーいうことよっ、悠人！　アンタ、ナニ勝手にそんなこと！」

「そーだよ！　またぶちょーが一番なんてずるい！」

姉妹微妙に怒るポイントが違ったが、ずいっと糾弾の表情で二人が迫る。

確かにしてしまった事実がある以上、俺達の方に言い返す材料はなく、小さくなるしかない……のだが。

「んじゃー、とりあえず部長は置いといて、順番にヤっちゃえば？」

再びカレンがとんでもないことを口にした。

「ヤ、ヤるって……え……えぇぇぇっ⁉」

「どーせ、テニスの修行のついでみたいな話なんでしょ。なら、特訓ってことで、順番にするでいーじゃん」

慌てふためく姉ちゃんとは対照的に、カレンはずっと淡々としたままだ。

「い、いや、待ってくれ。その、さすがに姉弟でってことになると色々と……」

流石に待ったをかける俺だったが――

「悠人と……する……悠人と……」

「み、みぃは全然オッケーだもん！　じゃあ、みぃが次！」

未だ混乱している姉ちゃんとは裏腹に、みあかは即名乗りを上げた。

「お、おいっ……みぃ、それはっ……」

「ほい決まりと。ありかセンパイは……何かまだテンパッてるし、その次はアタシにしとく？」

「つ、次っ⁉　えっ、カレンも？」

まさかの名乗りに、思わずそう聞き返す。

「そりゃそうでしょ、ここまできてアタシをカヤの外ってのはナシにして欲しいんだけど」

「あ……わ、悪い……いや、でも、そういう問題じゃ……」

果たして流されていいことなのか……まだまごつく俺に対してカレンは小さく肩を竦め

る。

「もー後戻りなんかできないっしょ。諦めて期間中はとことんまで付き合ってもらわないと」

「そーだそーだ！　ぶちょーばっか贔屓はズルい！」

「ってことで、ゆかりセンパイもありかセンパイも、一時退場ってことで。じゃー、ガンバ」

そのままカレンは、てきぱきと両先輩を押し出すように連れて部室を出て行く。

「あ……お、おい！」

呼び止める間もなく、部屋には俺とみあか二人が残され、奇妙な静けさが広がった。

「ふふー、おにぃ。もう邪魔は入らないよ」

「み、みぃ……」

野獣のような視線は本気も本気、大本気だ。

「てやっ！」

そのまま、迷いなくみあかは俺の上にのしかかってきた。

「んしょっと……ふふっ、つーかまえた」

「お、おい、みぃ……うぁっ……」

完璧なマウントポジションを取られ、そのままスリスリとお尻が股間に押し付けられる。

下半身だけの動きだったが、盛り上がった部分を器用に擦り上げて、その快感に俺のモノはすぐに勃起してしまう。

「ほーら、おっきくなってきた。ふふっ、おにぃのオチンチン正直すぎ」

「んっ……み、みぃ……」

「どぉ、みぃのお尻気持ちいい？　ぶちょーとどっちがいい？」

挑発的な笑みを浮かべながら、みあかが体をぺたっと張り付かせてくる。

「どっちって、そんな……」

比べられる筈もないことを聞かれて、俺はもごもごと言葉を濁す。

「ふーん、答えられないんだ。じゃ、これならどう？」

「えっ……お、おいっ、何して……」

少し腰を浮かせ、そのまま俺の上でもぞもぞとスパッツが脱ぎ下ろされていく。

「ほーら、おにぃ生肌のお尻だよ～♪」

再びぺたんと腰が戻されると、今度は直にみあかのお尻の感触がペニスに広がっていた。

つるんとした滑りのよさが、すりすりと亀頭を甘くくすぐってくる。

「う……み、みぃ、やめ……うぁ……」

制止の言葉を訴えるが、生尻の優しい感触に肉棒はピクンと反応し、みるみる硬さを増していく。

「んふふ、ビキビキになってる～。やっぱ、おにぃのオチンチンは正直さんだよね～」

「お、おい……みぃ、俺達兄妹なんだぞ？　これ以上は……」

今更のように倫理を持ちだしてはみるが、みあかは尻ズリをやめようとはしない。

「妹のお尻でこんなにしちゃうんだ～？　おにぃってばキチク～」

説得力の欠片もない肉棒をさすられて、勃起は嬉しそうに震えるばかり。

「ふふっ、もう簡単に握れちゃうね。ほーら、シコシコ～」

さらに手で肉竿を握られ、勢いよく扱かれる。

「すごいね、おにぃのオチンチン……血管浮かせて、そんなにみぃのオマンコに入れたくなってるんだ～」

「ちが……そ、そんなつもりじゃ……うぅっ」

「素直じゃないなぁ。こんなにビンビンにさせてるクセに」

難しい姿勢から器用に皮の継ぎ目をさすりたて、指が弱い場所をつぅっと伝う。

「くっ……あ……うっ」

「くふふっ、かーわいい声出しちゃって。いーよ、おにぃ、どんどん気持ちよくなっちゃお？」

くちゅくちゅと、浮いたカウパーを混ぜるようにして、みあかの手が肉棒を扱く。

「あ……っく……うぅっ……」

「ほーら、先走りのお汁で先っぽがぬるんとしてるよ……ちょっと糸引いてる」

「み、見せなくていいって……そんなもん……」

「れろ……んふ、おにぃの味だ。もっと濃いのが奥にいっぱい残ってるんだよね？」

小悪魔そのものの笑みを浮かべながら、みあかはさらにお尻を重ね、くいくいと勃起を割れた部分に押し付ける。

柔らかくも、はっきりとした谷間に挟まれ、それがお尻だと自覚できると、俺の股間は益々興奮にいきり立った。

「すりすり〜、ほーら、おにぃ……大好きなお尻だよ〜」

手コキと尻ズリの二重の刺激に、いいように肉棒が弄ばれ、体はどんどん熱を持つ。

「う……くっ！　そ、それ以上は……」

「はっ、ふっ、んっ……いいよ、どうせおにぃ絶倫だもんね。一回くらい……ほら出しちゃお？　みぃのお尻で射精……したいよね？」

射精を促す甘い言葉に、ビクビクと腰が跳ね上がる。

「あ……あぁっ……！」

このままセックスして出すよりは……そんな心の緩みが一気に我慢を瓦解させ、俺はそのまま先端から熱い感触を迸らせていた。

「あんっ！　んふっ……熱いの出てる……おにぃの、いっぱいっ！」

べっとりとした粘液を、むっちりとしたお尻に浴びて、みあかは嬉しそうに目を細める。

「ふふ……ねばねばだ。妹のお尻がそんなに気持ちよかったの？」

ことさらに妹を強調させながら、みあかは挑発的な笑みで俺を見下ろす。

「みぃ……も、もうこれ以上は……」

「ふーん、出したら落ち着く筈だった？　でーもぉ、んっ……」

ずりっともう一度お尻でペニスが擦られると、すぐにピクンと先端が跳ねる。

「やっぱり、１回だけじゃ終わらないよねー。さすがおにぃ」

予想通りの反応ににんまりと微笑み、みあかは体を後ろへずらしていく。

騎乗位の格好のまま肉棒に手が添えられ、ゆっくりと肉割れの入り口へ。

「ふふっ、じゃあ、いよいよ……みぃの処女……あげちゃうね？」

小悪魔の表情で微笑むと、みあかはそのままためらいなく肉棒を中へ挿入していく——

「いっぎっ⁉」

しかし、意気揚々としたみあかの表情が次の瞬間、あっという間に痛みに引きつった。

「う……ぁぁぁっ、く……ぅぅぅっ！」

まだ半分も呑み込まないうちから、強く押し返す抵抗感が股間に広がり、その体がブルブルと震える。

「お、おい、みぃ……大丈夫か？」

「んくぅっ……だ、だいじょぶ……は、入っちゃえば……きっと……あぐっ！」

それまでの強気な声が痛々しいほどに震え、それでもなお、みあかは何とか肉棒を押し込もうと腰を下げる。

「くぅぅぅぅんっ！」

ふつりと、処女膜が裂けていく感覚がそれぞれの結合部に伝わり、辛うじて肉棒が根元近くまで埋まった。

「はぁ……はぁっ、はぁ……あ……は、入ったぁ……」

確かに挿入は果たされたが、みあかはそのまま動けない。

「あ……うぅっ……んくっ、あ……あれ……」

体が痛みに強張り、小刻みに震えたまま、どうすることもできずにいる。

「う……ぁっ……くぅ……あ、ちょ、ちょっと待ってね……おにぃ……もうちょっとだけ……」

時間が経過すれば少しは落ち着く……しかし、そんな思惑通りには行かず、みあかの表情は苦痛に歪むばかり。

「んんっ、ち、違うの……これから、んっ、して……おにぃを気持ちよく……んくっ！」

そろそろと動こうとして、またビクリと腰が止まる。

「うくっ、あ……ぐっ、い……ぅぅぅっ……」

多少の痛みなら何とかなると思っていたんだろうが、そもそも前戯もろくにしてない状態では無理もないことだった。

「みぃ……」

「あ……うぅ……や、何で……こんなんじゃなくて……」

焦燥するみあかの表情を見て、もう俺も流れに任せてはいられなかった。

俺は意を決して、その体を支えると、ずるりとペニスを引き抜いた。

「あ……やっ、おにぃ、抜いちゃダメぇ……きゃうんっ！」

いやいやと首を振りつつも、もう力はろくに入らず、あっさりと肉棒が引き抜かれる。

案の定、結合部には破瓜の血が入り混じり、みあかの痛みを物語っている。

「落ち着け、みぃ。これで終わりなんて言わないから」

「え……？」

「初めてなのに無茶しても辛いだけだからな……じっくりしよう」

そのまま、俺は体を下へとずらし、そのままみあかの股間部分に頭を近づける格好を取った。

「ひゃぁっ!?　あ……お、おにぃ……？」

「準備も何もなしでしたら痛いのは当たり前だ。ちゃんと濡らしてやんなきゃな……」

痛みで半泣きのみあかに、体は自然に動いていた。無防備な割れ目に顔を近づけ、そのままそっと舌で震える秘唇を舐めあげる。

「あっ……お、おにぃ……何してっ、んぁっ、そ、そんなとこ……舐めちゃ……んぁん！」

「ほら……血が出てる……れろ、ちゅぷ……んれろ……れろ……」

「あ……あぁぁぁ、おにぃ……だめ……そんな、あ……あぁぁ……」

「痛いか？　ゆっくりしてやるからな……」

「い……痛くは……な、ないけどっ……だからって、そんな直接……んんっ！」

今までずっと余裕を見せていたみあかが、思わぬ弱気な一面を見せてくる。

「ちょっと濡れてるくらいで、大丈夫だって思ったんだろ？　それじゃ痛くても仕方ないよ……んりゅ……」

「ひぁっ！　おにぃっ、な、そんな直接……あっ、舐めちゃうなんてぇ……」

ピクンと腰を浮かせかけるみあかだったが、それは少なくとも痛みがさせている動きではない。

傷口を癒やすように、優しく舌を伸ばし、強張る肉ひだをほぐしてやる。

「ふぁ……あ、そ、そんなとこ……あ……き、汚いよぉ……」

いつも負けん気が強く、何につけても積極的だったクセに、妙に弱気な表情を見せる。何とか痛みを和らげてやろうと思いつつ、同時に新鮮な姿をもっと見たいとも思ってしまう。

「汚くなんかないぞ……大体、俺のチンポは楽しそうに舐めてただろ？」

「そ、それは……だからって……」

「みぃの感じる顔、結構可愛いからな。もっと見せてくれよ……んりゅ……」

「やあぁあっ、おにぃがいじわるだぁ……!?　あひんっ！」

再び舌をねじ込むと、ビクビクと可愛らしく体が跳ねる。

無茶な挿入による痛みが少しずつ薄れ、今度は直接舐められることで違う感覚に戸惑うみあか。

「れろ……んっ、ほら……汁が滲んできた……これが全然足りなかったんだよ……れろ……」

「あ……あぁっ！　そんな……みぃの……そんなトコ、あっ、ひっ、あっ……あぁっ！」

溢れ始めた雫を啜り上げながら、なおも丁寧にクンニを続ける。

「ちゅぷ……れろ、みぃのは……こんな味なんだな。少ししょっぱい感じがする……」

「な……何言っててっ、味の話なんてしちゃダメっ、あ、ひぁんっ、あ、ああっ！」

愛液の感想を呟くと、みあかは顔を真っ赤にさせながらいやいやと恥ずかしがってみせる。

「さっきは、俺の味だって喜んでたじゃないか。おあいこだろ？」

「そ、そんな……あぁっ、みぃはそんなつもりじゃ……あぁっ！」

いやいやと首を振りつつも、興奮は募らせてしまうのか、同時にじゅぷっと新たな蜜液を滲ませて、俺の顔を濡らしてしまう。

「可愛いぞみぃ……リラックスだからな……」

「あ、あぁぁ……いや、やら……は、恥ずかしいぃ……あぁぁぁ……」

いつもの強気さはどこへやら。ぎゅっと目を閉じて、快感を堪えながら秘唇をヒクヒクと震わせる。

「ぺろ、ちゅぷ……この辺、感じるのかな……？」

「あっ！　あぅっ！　そ、そこっ……あ、あぁっ、い、いいよぉ……」

素直になると同時に、じゅわりと新たな愛蜜が溢れ出し、舌に独特のとろみが絡みつく。

「あ……あぁぁぁ……は、ひぁ……も、もうらめ……あぁ……」

やがてガクガクとみあかの股間が落ち着きなく震え、喘ぎも断続的なものになってくる。

「みぃ……イキそうなのか？　いいぞ、そのままイッていいからな」

「ひゃぁん！　やっ、イ、イキそうなんてっ……ちがっ、違うのにっ、あっ、あぁ！」

「俺の時は散々嬉しがってイカせようとしたじゃないか。みぃも遠慮しなくていいんだぞ、んちゅ……」

「あひ！　そ、んらっ……あっ、あぁっ、あぁーーーっ！」

逆転した立場に翻弄され、いよいよみあかの声が上擦っていく。

ヒクヒクと蠢く可愛い肉びらを、構わず舌でつつきたて、溢れる蜜をじゅるっと強く吸い上げる。

「ひぁっ、ら……めっ、それ、らめっ、あっ、も、もうっ、あぁぁーーっ！」

そのままぶるっと体が震えると、みあかの股間から大量の愛液が迸る。

「んんっ！　んぷっ……」

もちろん真下にいる俺に避けられる術はなく、たっぷりのシャワーを顔面で受け止める。

「は……あぁぁぁ……や、お、おにぃ……あ……ご、ごめんなさい……」

「大丈夫だから。それよりみぃ、ちゃんとイケたのか？」

「えっ……!?　あ……えと、う、うん……」

謝ってくるみあかに逆に尋ね返すと、顔を赤くさせながらも、素直に頷いた。

「き……気持ちよかった。おにぃの舌……すごく……」

「そうか、みぃはこんな風に感じるんだな……可愛かったぞ」

「ふぇ……そ、そんなの……うぅ……ズ、ズルい……今、言うなんて……」

まじまじと絶頂する様を観察されて、みあかはこれ以上ないくらいに恥ずかしがってくる。

「それで、どうだ？　痛みは薄れたか？」

「あ……う、うん……」

それでも一番肝心な問いかけには素直に頷き、ホッとした顔を見せてくれた。

「そうかよかった。でも、もうちょっと消毒しないとな……んっ」

「え……ひゃっ、あっ、お、おにぃっ、またっ⁉」

興奮を高めていったのはみあかだけじゃない。愛液の顔面シャワーで、俺の方も興奮が止まらないまま、さらにクンニを続行する。

と、目の前に見えるのは薄めの毛の奥にちょこんと佇む、小さな肉芽。

「ひぁん⁉　お、おにぃっ……そこはぁっ！」

「敏感だな。でも、ちゃんと感じてくれてそうだ……んりゅ……」

「んぁっ！　ク、クリトリス……らめっ、今はっ、感じすぎるからぁ！」

新たにもたらされた鮮烈な刺激に、みあかの体がビクンと仰け反る。

「だ、だめ……ダメなのっ、何か出ちゃう、出ちゃうよぉ……！」

止まらない刺激に、みあかは幾度となく体を震わせ、切羽詰まった声音で喘ぐ。

「あ……あぁぁぁっ、は……あぁっ、あ、あぁぁぁっ！」

そして、ぶるっとひときわ強い震えが全身を巡った直後だった。

「は……ぁぁぁぁぁぁぁぁぁっ……も、もう……だめぇ……」

ぶしゅっと割れ目の奥から迸った水流は、愛液とは全く違うものだった。

「んんっ！　んっ……あぷっ……んぐっ⁉」

流れこむ水流の僅かな塩味に、俺もようやく状況に気づく。

「あぁぁ……ご、ごめんなさい……みぃ……お、おもらししちゃったの……あぁぁ……」

痛みとは全く違う羞恥にぐずりながら、みあかは可愛らしく謝ってくる。

だが、一度緩んだ堰はもう止められず、おしっこは割れ目の奥からちょろちょろと溢れ続ける。

「んっ……んんっ……んっく……んんっ、んくっ、んっ、んんっ……」

「あ……お、おにぃ……な……何で……あ……」

「大丈夫だ……みぃ……ん、んぐっ、んく……んんっ、こくん……」

自分でも制御しきれずにお漏らししてしまったみあかが愛おしく、俺は夢中で溢れた雫を飲み下していく。

さすがに勢いが強く、全てを飲み干すことはできなかったが、それでも口に入ったぶんは少しでも多く、喉の奥に送り込む。

「はぁ……はぁ……あ、んっ……ふぁ……あ、あぁぁ……」

ようやく放水が落ち着くと、みぁかは恥ずかしさにぺたんと脱力し、俺の顔に股間を押し付けてしまう。

「あ……ごめんなさい……みぃ……ち、力が抜けて……」

弱々しく謝り続けるみぁかだったが、俺に謝られる理由は何一つない。

だが、同時に少し意地悪な気分になってしまうのも確かなわけで……。

「はは……仕方のないオマンコだな。どれ、また綺麗にしてあげないとな」

「ひゃぃんっ!? あっ、ま、またダメっ……ほ、ホントに汚いからぁっ！」

「今更、そんなこと思うもんか。いいから身を任せてろ……んちゅ……れる……」

「ああんっ！ そんな、あっ、も、もぉらめっ、オ、オマンコっ……舐められちゃうの気持ちよくてヘンになっちゃうのぉ！」

ひくひくと震えて、尿の雫を垂れこぼす秘唇を優しく優しく舐めてやる。

「ヘンになってもいいよ……まだ残ってるなら出しちゃいな……」

みぁかのおしっこなら全然汚くない。倒錯的な気持ちのまま、俺は夢中で酸味の効いた柔ひだを舐めまくる。

「そんら……あ、許して……おにぃ、あ、あぁぁぁ……またぁ……」

かくんとみぁかの体から力が抜けて、再び奥に残っていた尿水がじゅわりと漏れ出てくる。

「ほら……まだ残してたな。いいから全部出しちゃおう……れろ、ちゅぷ……」

「あ……あぁぁぁ……やぁ、ま、また……漏れちゃう……あひっ、許して……あぁぁぁぁ……」

もう、堪えることも忘れ、みあかはまた絶頂の快感にまみれながら、力ない水流を垂らしていく。

すっかりと体から力が抜け、されるままに身を委ねてからは、その表情は恍惚に蕩け、放尿後の開放感に包まれているように見える。

「あぁ……おにぃ、も……許してぇ……はぁぁぁぁん……」

謝りながらも無防備な割れ目を震わせる様は、いじらしくも可愛らしく、俺は最後まで面倒を見るべく、舌を這わせ続け——

「あ……んんっ、は……あぁぁぁっ！」

そして、もう一度ブルっと体を震わせて、みあかが何度目かの絶頂を迎える。

「ぁ……イ、イっちゃった……また、みぃ……イっちゃったぁ……」

「みたいだな……れろ、ん……んりゅ……れろ……んりゅ……」

「あぁぁ……おにぃ、んっ……オマンコ……気持ちいいよぉ……」

最後は、素直に俺のクンニをうっとりと気持ちよさそうに受けながら、みあかは恍惚のままに身を委ねていた。

「ふぅ……とりあえず、これで大丈夫かな」

溢れてしまった雫を綺麗にして、服も着替える。

ちょうど洗濯物が乾いた頃合いだったので、タイミングもよかった。

部屋も格好もすっかり元通りに戻ったが、みあかの表情は晴れなかった。

「……ごめんなさい、おにぃ……エッチ、失敗しちゃって……痛いの、我慢できなくて……」

結局、十分に股間は潤んだものの、お漏らしのパニックもあって、続きというわけにはいかなかった。

ここまで何事も要領よくこなしていただけに、みあかもショックが大きいようだ。

「だからね……その、みぃ……えと……あの……」

何か言いたいのだろうが、上手く言葉が出てこない。また泣きそうな顔になるみあかに、俺はポンと肩を叩いてやる。

「……みぃのお漏らし、久しぶりに見たな。何か懐かしかったよ」

「え……？」

「いつ頃までしてたっけ？　小学校上がったばっかりの頃にしちゃって、母さんに怒られてたような……はは、あの時以来かな？」

「なっ……あっ、や、だめだめだめ！　そんなの忘れてっ、おにぃ！」

おどけた言葉に、顔を真っ赤にさせてみあかが騒ぐ。

「分かったよ、じゃあ、その前のコトも合わせて全部忘れるよ」

「えっ……？」

「だから、みぃが失敗したとか言うのも、何のことか分からないし、俺の記憶にも残ってない」

「おにぃ……んっ……ありがと……」

ようやくホッとした表情になり、みあかはぐっと目元を拭って笑顔になった。

「えへへ……やっぱ優しいね、おにぃは。大好き」

「っと……何だ、甘えん坊だなみぃは」

ひしっとくっつき、まるで子猫のように膝元にすり寄るみあかを、苦笑しながら抱き止める。

たまにはこういう形も悪くない。そう思いながら、俺はみあかの頭を優しく撫でてやった。

と――

「はーい、タイムアーッ……プ……」

ノックと同時に返事を待たずして扉が開き、カレンが中に入ってきた……のだが。

「あっ……」

「あ、あー、えーと」

頬ずりしていたみあかが慌てて居住まいを正したが、流石にそれでカレンが何事もなく振る舞うのは不自然だった。

「何かゴメン。もしかして、すごいお邪魔だった……？」

「い、いや、その……これはな」

「ほんとだよカレンちゃんはもー！」

気まずい俺をフォローするように、みあかがぷぅっと膨れてカレンに唇を尖らせる。

「あともうちょっとで、おにぃが落ちたのにぃ。やり直しになっちゃった」

「あー、ゴメンゴメン。でも、いちおー決めてた時間すぎてたから。ほら」

「あれ……もうこんな時間だったんだ」

ちらりと見せられた時計に、みあかは今更のように驚いてみせる。

確かに、気がつくと陽もだいぶ落ちかけという時分だ。

「ま、延長込みのトコまで待ったってことで、早くしないと夜になっちゃうから、兄貴貸してね」

「うー……カレンちゃんだから貸したげるけど、ゼッタイあげないからね！」

「あはは、なーにミィ、いつも以上にべったりじゃん。そんな、色々あっちゃったワケ？」

「ありましたよーだ！　みぃとおにぃの深〜い絆が刻まれちゃったから！」

「お、おい……またそんなことを言って……って、貸したげる？」

何となくいつもの調子に戻ったみあかに一安心……だったのだが、不穏当な言葉に引っかかる。

「うん、とりあえずレンタル期間終了。次はアタシの番だから」

「アタシの番って……い、いや、今終わったばっかりなんだが？」

「ごめんね、おにぃ。でも、おにぃなら大丈夫だと思うから」

妙な太鼓判を押されると、カレンは選手交代とばかりに俺の手を握った。

「とりあえず、ここで続けてってのもナンだろうから、河岸変えとく？　ちょっと出よーか」

「えっ、あっ、出ようかってお、おい！」

一切の言い分は聞きませんとばかりに、ずるずると体が引きずられていく。

「ま、マジでー!?」

終わらない試練に、俺は思わずそう叫んでしまっていた。

＊　＊　＊

「さてと……どこにしよっかねぇ」

まるでお店を探すような感覚で、カレンがきょろきょろと周囲を見渡す。

「おい……どこって、この辺りで……？」

「宿舎まで戻るの面倒じゃん」

「面倒って……いや、そもそも何でそんな平然としてるんだよ」

これから初めてするとは思えない落ち着き払った態度に、思わず尋ねてみるが。

「ん？　何かジタバタすることあんの？」

「いや、だって……するんだぞ？」

「セックスを？　でも、そんなの世界中でどこでも誰でもしてるっしょ？」

何をうろたえることがあるのかと、不思議そうにカレンが尋ね返す。

「そ、そりゃそうだけど、でもカレンは初めてなんだろう？」

「そんなの今更じゃん……あ、あそこがいいかな」

適当に返事をすると、カレンは奥に見つけた体育倉庫に俺を引っ張り込んだ。

体育館の奥にあるそこは、校舎の影になっているせいか、ひんやりとしている。

「もっと蒸し暑いかと思ったけど、結構風通しがいいね。悪くないかな」

「こ、ここで……？　いやでも……」

今、他の部活での使用はないとはいえ、公共の場である体育倉庫についつい尻込みしてしまう。

だが、カレンは全く気にする素振りもなく、きょろきょろと倉庫を物色し、マットを引き出し始める。

「ねー、こういうの、女にやらせんの？」

「えっ？　あっ、ああ、悪い。えっと……ここでいいのか？」

いつの間にか、すっかりとカレンのペースに巻き込まれ、俺は言われるままにマットを敷いてコトの準備を進めてしまう。

「ふふん……佐野は、こーいうとこ、ホント素直でいいよね」

「か、からかうなって！　カレンが言うから……」

「分かってるよ。褒めてんだってさ」

くすりと笑うカレンの表情に屈託は全くない。そこだけ見れば、遊び慣れてるようにも思えるけど、実際は初めてだっていうんだから……。

そんなことを考えているうちに、マットの準備も整い、倉庫の扉も閉められた。

「よっと……」

マットに寝そべり、カレンは豪快に前をはだけると――

「じゃー、しよっか」

軽く微笑みながら誘ってきた。

「う……」

桜子先生とも、ゆかり先輩とも、みあかとも違うアプローチにどうしたものかと体が止まる。

ぷるんと零れたおっぱい、ショートパンツから覗ける柔らかそうな太もも、少しエキゾチックな雰囲気の褐色の肌。

どれを取っても魅力的なボディだが、それだけに手の付け方が難しい。

「あのさー、何もしないでこうしてる方が結構恥ずかしいんだけど」

「えっ？　あっ、わ、悪い！」

「や、あやまんなくてもいーんだけど。あー、まぁ……そだね……じゃ、気持ちよくしたら、チャラにしたげる」

「う……わ、分かった」

笑顔にどきりとしつつ、とにかく腹は決まった。

ゆっくりと這うようにカレンに近づくと、俺は本能の赴くままに手を伸ばす。

「んっ……！」

「あ……おっぱい、触るぞ？」

「触ってから言うって……結構やるね。いーよ……好きなだけ触って」

むにゅっと指を押し込むと、そのまま柔らかく手のひらが膨らみにめり込んでいく。

「……や、やっぱすごいな……カレンのおっぱい」

一瞬、どこまでも埋もれてしまうような錯覚を覚えるが、すぐに押し返すような弾力の手ごたえがある。

バネ仕掛けのような感じが面白くて、絡む指先には自然と勢いがついていく。

「えっと、痛かったりは……してない、よな？」

「んっ……見てて分かんない？　んっ、この感じで……」

どうやら問題ないらしい。そうと分かると、右、左と自然に手が伸びて、自在に動くおっぱいを堪能する。

「んっ……な、何かやけに揉むの上手いね」

「え……そうか？　何となくって感じだけど……」

「ま……比べる相手は自分くらいしかいないけど……でも、佐野に揉まれるのは……んっ、気持ちいーよ……」

僅かに悩ましい吐息を漏らしつつ、カレンは素直に快感を口にする。

それが何となく嬉しくて、俺はさらに指を遠慮なく這わせていく。

「先っぽ……触るからな」

「んっ……うん、んぁっ……」

くにくにとおっぱいを揉んだまま、同時に乳首を軽く摘まんで引き延ばす。

既にしこりかけの突起は、ちょうどツマミのように手に馴染み、俺は気の向くままに先端を転がすことができていた。

「あっ……んんっ、や、やっぱり上手いよ……すごくねちっこくて……やらしすぎる……」

「とりあえず、褒め言葉と受け取っておくよ。反対側もするからな？」

「んぁっ……はっ、あぁ……すご……ジーンってする……あっ、んぅっ！」

もう一方もギュッと締め付け、手のひらをいっぱいに使うと、さらにカレンの吐息は乱れて上擦った。

気がつけば、体からはじっとりと汗が浮き、その滑りが俺の指先にも心地よさを伝えてきている。

「あっ、はっ、あ……あぁ……」

あまり派手に声は出さないが、それでも悩ましさを増す呼吸に、挿入への期待感も膨らんでいく。

「すごい……指の中で、カレンの乳首……どんどん硬くなってく……」

「あ、当たり前じゃん……あんたのチンポと同じだよ……これだけ刺激されたら……んっ！」

「そ、そうか……えっと、そろそろ次に行ってもいいかな？」

「んっ、そ、そだね……このままだと、おっぱいだけでイかされちゃいそうだし……」

それはそれで、見てみたいという気もしたが、まだまだやるべきことは沢山ある。

「じゃ……下、脱がすから」

「んふっ……いちいち断るね、佐野も……ん、いーよ……いっぺんに脱がせて」

甘えた声音に勃起が疼く。俺は胸への刺激を一段落させると、ショートパンツとショーツをまとめて脱がせていった。

「あ……濡れてる……」

それはそうだろうと分かってはいても、ついつい口に出てしまうほど、それは魅入られる光景だった。

ピンクの肉裂からちゅくんと愛液が滲み出し、蛍光灯の薄明かりがテラテラと反射する。呼吸とともに無意識にぴくんと動くそこは、一度吸い寄せられたら最後、決して目が離せない。

「またマジマジ見て……じっとされるの、恥ずかしいって言ってるのに……」

「あぁ……そうだろうな」

今度は敢えてカレンの言葉を無視し、じっと息づく割れ目を覗き続ける。

「っ……そ、そーいうこと？　佐野も……結構、えげつなくなるんだ」

俺が視姦を止めないことに、少しムッとしながらも、手で隠すようなことはしない。

そして視線を意識させるうち、カレンの表情は少しずつ赤く色づき、もじもじと落ち着きをなくしていく。

「そろそろよさそうだね……じゃ、失礼して……」

頃合いを見計らい、俺はそっと秘所に顔を近づけ、舌を伸ばしていく。

「えっ、ちょ、ソコ舐めんの!?」

「や……初めてだから、よーくほぐしてやらないといけないし、なら舌でするのが気持ちいいかなって……」

頭の中にはさっきのみあかのことがチラついていた。カレンが痛みに泣きそうになる姿……それはやっぱり見たくない。

「カレン、気持ちよくして欲しいって言っただろ？　初めてだったら、やっぱり痛いかも知れないだろうから……もちろん、イヤだって言うならしない」

「はぁ……全く、いちいちマジメに受け取るんだから……」

少し呆れたように言いつつも、カレンはちょっと微笑んでさらに続けた。

「べつに……いーよ。佐野の舌で……あたしの、オマンコ……しっかりほぐして欲しい……」

「お、おう。任された。じゃ……い、行くぞ」

改めてのＯＫに少し緊張しながら、そっと舌をはわせていく。

「んんっ！　あ……っ」

濡れた舌先が、濡れた秘唇に纏わりつき、ぴくんとカレンのお尻が浮きかける。

「あ……強かったか？」

「や……平気……でもないけど、な、なんか変なカンジ。やっぱ、指と舌とじゃ全然違うね……いーよ、続けて」

悪い反応ではないことに安心し、再び顔を埋めていく。

溢れる雫を、丹念に舐めとりながら、少しずつ襞全体をほぐしていく。

「ぴちゃ……れろ、カレンのは……結構粘っこいんだな……」

「ふっ、は……それっ、誰かと比べてる……？」

「そういうわけじゃないけど……くちゅって糸引くの、何かすごいなって……」

「バカ……んっ、そーいうの気にする奴もいるのにさ」

流石に少し恥ずかしいのか、カレンが拗ねるようにぼやいてみせる。

「もしかして……カレンは気にする方だったか？」

「あたしはべつに……いいけどさ」

「よかった。じゃあ……んちゅ……れろ……」

「ん、あっ……！」

何でもない風を装いながらも、羞恥と快感にカレンが心を揺らがせているのは間違いない。

じわじわと滲みだす愛液が増して、艶っぽい声とともに時折グッと跳ねる体。

褐色の肌も、色づくと火照りが分かることを意識しつつ、ねっとりとしたカレンの愛液を啜りとる。

「んっふ……は……んぁ、あ……く……んんっ」

「気持ちよくなってきた？」

「んっ……ま、まぁまぁかな……」

あくまでもマイペースな自分は崩すまい。そんな強がりも見ていて興奮を誘う。

もっと余裕をなくさせたい……そんな欲求のまま、徹底的に濡れた肉ひだをくすぐっていく。

「く……あっ、ちょ、ちょっと……佐野……んっ、そんな続けたら……」

そのうち、カレンの手が俺の頭を押しやるように力を込める。

だが、俺は構わずいっそう舌先に力を込めて、ぴちゃぴちゃとカレンの秘唇を舐め続ける。

「ま……待って、このままだと、あたし……んっ、あっ、ヤ、ヤバいかも、んんっ！」

「イきたかったら、イケばいい。その方が、もっと濡れて柔らかくほぐれるだろ？」

「そう……だけど、あっ……んっ、ぁっ……んんっ！」

ブルブルと持ち上げられた足が震え、指先が快感を堪えようとギュッと丸まる。

もう絶頂はすぐ……そう思うと、伸びる舌もさらにぬるりと奥を目指し、新たな快感を引き出すべく動いていく。

「ぴちゃ……れろ……ちゅぅぅ……ほら、素直に受け入れるのがカレンのらしいとこだろ？」

「んんっ、あっ、そこ吸われるのっ……はっ、あぁっ、イ……んんっ！」

「いいぞ、カレン……我慢しないでイッちゃえ……んじゅるるるっ！」

とどめとばかりに割れ目の付け根に口付け、強く強く吸い上げる。

「んぁっ！　あっ……ぁぁぁぁぁぁぁぁぁぁぁっ！」

そのままビクビクと背すじを仰け反らせ、カレンは小さく体を痙攣させていた。

「んんっ！　ぷぁ……溢れてきてる……カレンの汁……」

「は……んっ、あっ……やだ、今……敏感に……あぁっ！」

ぶじゅっと飛び散った愛液を顔に浴びながら、構わず溢れたエキスを吸い取っていく。

「んっ、くぅんっ、はっ、あっ……あぁっ、ま、また続けてっ……くっ、ぅぅぅぅんっ！」

そのまま短い間隔でもう一度カレンの体が小さく絶頂し、ビクビクと快感の震えを見せる。

「はぁ……も、もういーから……んっ、あたし……準備できたってば……」

切れ切れの声で喘ぎながら、何とか絶頂感を落ち着かせようとするカレン。

「あぁ……俺も、もう待ちきれない」

ズボンのホックを外すのももどかしく、不格好にもぞもぞと脱ぎ下ろす。

「うわ……めっちゃ上向いてるじゃん……」

「ああ、そりゃあこれからカレンとするからって思ったら、どうしたってさ……」

呆れたような口ぶりに、我ながら節操ないと頭をかく。

「ふふ、いーよ。しちゃお……あたしも、もう……たまんなくなってるし……」

お互いにもう準備しすぎて、体がふわふわになっている。

痺れる体をゆるゆると近づけ、俺はカレンの秘唇にいきり立った剛直を押し付ける。

「あ………」

くちゅんと、まだ入る前から恥ずかしい水音がして、どきりと胸が高鳴っていく。

「い、入れるぞ？」

「だから、いちいち言わなくていいって」

　ふふっと微笑むカレンに、ほんの少し緊張もほぐれ、俺はそのままぐっと腰を押し出した。

「んんんっ……！　あ……あぁぁぁ……んくっ⁉」

　ぬるりとした特有の感触とともに、ゆっくりと肉棒がめり込んでいく。

　スムーズに進むと見せかけて、すぐに正面に押し返すような手ごたえ。窮屈な感触に、ぎゅっとカレンの眉間に小さく皺が寄せられる。

「少し我慢して……」

「んっ……おっけ……んんっ！」

　短く告げて、再び思い切って腰を進めると、ずるんと奥に滑る感触が続いた。

　熱くまとわりついてくる、柔ひだの蠢き。ぞわぞわする感じが、亀頭をくすぐって気持ちいい。

「く……あぁぁぁっ……は、入ったぁ……」

　ぐっと体を強張らせつつも、何とか埋め込まれたモノを確認し、カレンもほぅっと息をつく。

　まだ相当に痛みは感じているんだろう。その表情に、いつものマイペースな余裕さは見えてこない。

「カレン……大丈夫か？　痛み……きつくないか？」

「んっ、そりゃね……全然ないったらウソになるけど……」

微かに声を震わせつつも、その表情は心配いらないと笑みさえ浮かぶ。

「これくらいなら十分できそう……だから、動いていーよ……」

「そうか……キツい時は言ってくれ。やり方、考えるから」

「ふふ……いーね、それ」

「え……な、何が？」

何故か急に笑うカレンに思わず俺は聞き返す。

「簡単にやめるって言わないトコ。そう言われたら、こっちもヘンに我慢しちゃうかも……でしょ？」

「そっか……うん、とにかく俺だけじゃなくてカレンにも気持ちよくなって欲しい。それだけだ」

「ホント……気ーつかいだね。まぁ、任せるから」

いつもと変わらぬマイペースな雰囲気での信頼の言葉がありがたい。

「分かった。じゃ……もう少し奥まで……」

「んっ、んんんっ……くぅぅ……はっ……」

慎重に腰を進め、未開の膣道をぐっと押し広げる。先端に僅かに感じる処女膜の抵抗を破ると、結合部からは破瓜の血が垂れ落ちる。

「っ………」

目をぎゅっと閉じて、その痛みに耐えるカレンが少し痛々しい。

これだけ十分に濡らしても、やはり初めての異物感は相当なものなんだろう。

　それでも、じりじりと腰を進めるうち、やがて根元まですっかり肉棒が呑まれる。

「一番深くまで入ったよ……」

「み、みたい……だね……」

　うねうねと蠢く柔肉は、熱くとろっとしたモノを肉棒に絡ませ、不公平だと思うほどに気持ちいい。

「ん……大丈夫だから、そろそろ動いて。あんまりじっとされてても……」

「ん、そうだな……じゃ……」

　カレンの言葉に頷き、まずはゆっくりと腰を引いて、肉棒を外気に戻してやる。

ずるる……と引き抜かれた竿には血だけではなく、薄白い愛液のぬめりもまとわり付いていた。

「また入れるぞ。力抜いて……」

少しでも痛みが和らぐように、そうアドバイスしながら、再び肉棒を沈めていく。

「あっ……ふっ、んんんっ……は……ぁぁっ……」

今度はさっきより少しスムーズにモノが入り、カレンも落ち着いた感じでそれを受け入れる。

「あぁ……なんかさ」

「うん……？」

「今更だけど……ホントにしちゃってるね……」

しみじみとしたカレンの呟きに、俺も自然に頷いた。

「そう……だな。俺も……ビックリしてる」

なし崩しの流れの中、それでもいざ味わってみると、やはり特別な時間だった。

カレンの熱く潤んだ胎内に、俺の一番熱くなった場所を押し付ける。

「ふぁ……んっくっ、あぁ……何か、分かるわ……痛いだけじゃない感じ……きたかも……」

「そうか……俺は、ずっとカレンの中……すごく気持ちいい」

真顔での感想に、カレンは少し照れくさそうに目を泳がせた。

「ふ、ふーん……そりゃ何より。あたし……名器ってやつ？」

「分かんないけど……でも、カレンのオマンコ……めちゃくちゃ気持ちいい」

「……きゅ、急に真顔で言うようになって。そ、そう」

そうしている間も、ゆったりとした律動は続き、くちゅくちゅと少しずつ絡みつく音も滑らかさを増していく。

「さっきより、滑りやすくなってる……やっぱり、念入りにしたのがよかったかな」

「は……んんっ、そ、そーかもね。あたしも……そう悪い感じじゃ、ないよ」

もう痛みだけじゃないんだろう。上手くできていることに自信を得て、さらに体が続きを求める。

「もう少し勢いつけても大丈夫かな？」

「ふふっ、だからいちいち確認しなくても……好きなようにやんなって」

「そ、そうだった」

窘められつつも、悪くない空気のまま、ぐっと密着度を増してやる。

高く上げられた足を捕まえ、自分の股間と交差させるようにして、ぐりぐりと潤んだ蜜壺をかき混ぜる。

「あっ、ふっ……はぁ……んっ、このカッコ……松葉くずしって言うんだっけ？」

「そ、そうだっけ……そんなだった気も……」

「何か……佐野のチンポが、深くまで届いて……んっ、結構……いいかも」

その言葉と同時に、きゅんと秘唇が強く締められ、亀頭に熱い感触が広がっていく。

「俺も……カレンのうねりが、全部伝わってくる感じで……く……いいよ……」

そう答えながら、いつの間にか全身に鈍い痺れが広がっていくのを自覚する。

ぬちゃぬちゃと音をさせる出し入れは、最初よりずっとスムーズになり、体の熱もじわりとこもっていくばかり。

「んっ、は……くぅ……もしかして、もう……出そう？」

「う……ま、まぁ……割と……近いかも……」

「なら……いーよ。このまま、出しちゃって……んっ、ふっ……あ、ふっ……」

小さく喘ぎながら、カレンは思わぬことを口にする。

「え……このままって、いや、でもそれは……」

中に出す……甘美な誘いだったが、もちろんためらいは強くなる。

「いーよ、今なら当たることはまずないし……んっ、それに、最初でしょ？」

「せっかくあたしの初めてなんだから……中に出してくれなきゃ……もったいないじゃん」

あっけらかんとした、しかし大胆な言葉に思わず顔が熱くなる。

「あ……今、チンポもビクってしたよ……。佐野も結構期待したんじゃない？」

「そ、そんなこと」

「ほら……いいって言ってんだから……あたしに遠慮しないでさ」

魅惑の言葉を囁きながら、カレンの秘唇がぐっと肉棒を締め付ける。

まだぎこちない動きは、決して余裕のあるものじゃなかったが、それでも余裕のない俺には十分すぎた。

「う……くっ……カレン……こ、このまま……うぁっ、で、出るっ！」

最後は押し上げられる感触に逆らえないまま、俺は情けない叫びとともに、カレンの中に射精した。

「んぁあっ！　は……んんっ、あぁぁぁ……出てきてるっ……」

ドクンと胎内に広がる感触に、カレンはぞくぞくと身を震わせてうっとりと呟く。

「はぁ……あっ、中に……どんどん入ってるんだ……あ……んんっ……」

ひく、ひくと小さく肉唇を震わせながら、カレンは初めての膣内射精を受け入れる。

淫らな蠢きは、亀頭に幸せな快感をもたらし、俺はしばらくじっとしたまま、胎内に注ぎ込む感触を味わった。

「最初……？」

「んっ……全部……出た？」

「と、とりあえず……」

　頷いてはみたが、まだ肉棒は全くもって治まる気配の欠片もない。

「……とりあえず、まだしたがってるみたいね」

「い、いや、そういうわけじゃ……」

「チンポビキビキにさせたまま言っても説得力ないって。いーよ、まだ……あたし大丈夫だから」

　そう言いながら、カレンは構わないとみっちり腰をくっつけてくる。

　繋がった場所がくにゅっと柔らかく溶ける感触に、遠慮の気持ちも一緒に溶けて、すぐ2戦目が始まっていく。

「んっ、はっ、あっ……んんっ！　あ……ぐちゅぐちゅって……」

「出した精液がかき回されてるんだ……あぁ、滑るな……これ」

　一度膣内射精を果たしたことで、精液がほどよい滑りの感覚を足していく。

　それはむしろ俺への快感よりも、カレンの痛みを和らげる影響が強いかもしれない。

「あっ、くっ、んんっ……あ、んぅんっ……」

「どうだ……？　カレン……少しは気持ちよくなってきてる？」

「ま、まぁまぁ……ね。んっ、さっきより悪い感じじゃ……ないよ、あっ、んんっ！」

　まだ落ち着き払った素振りだが、声の震えはかなり余裕がなくなってきている証。

ならばと、俺はしっかり足首を抱え上げ、より密着度が深まるようにして、腰を振る。

「んっ、あっ、ふぁ！」

ぱつぱつと、太もも同士が勢いよく打ち付けられて激しい音を響かせる。

「やっ、な、何かこれ……あっ、んぅっ、くぅぅんっ！」

今や、痛みを上回る新たな感覚がカレンに戸惑いの喘ぎを上げさせる。

滑りに任せ、じゅくじゅくと胎内をかき回すうち、カレンの表情も興奮に蕩け、結合部の熱も増していく。

「あぁ……すごい……カレンのオマンコ……熱く蕩けて……！」

「あたしも……んんっ、佐野のチンポ……あくっ、か、感じるぅ……！」

破瓜の痛みだけじゃない特別な感覚に、カレンの体が色っぽくくねる。

ひく、ひくんと肉棒を包む襞が、早く出せと訴えてくるように蠢いてくる。

「んっ、くぅぅ……カレン……俺、また……！」

「あ、ふっ、んんっ……いーよ、もっかい出してっ……白いのいっぱい、びゅるびゅるしてぇっ！」

色っぽいおねだりの言葉に、もう暴走は止まらない。

「ううぅっ、また……出るっ！」

しっかりと根元近くまで肉竿をめり込ませ、俺は再びカレンの胎内深くで射精した。

「んぁぁぁぁぁっ！　あ……ふぁ……また、中……出てるっ……！」

熱くなった膣道を満たす真っ白い感触に、カレンはたまらず目を閉じて、小さく体を震わせる。

「んんんんっ……は、ふっ……あぁ、こんな感じ……知らな……あっ、んんんっ、はぁぁぁぁ……」

とくとくと射精を受けながら、カレンは初めて味わう感覚に深く息をつく。

やがて、ゆっくりとその波が引いていくと、体には何とも甘く鈍い痺れが残された。

「はふ……はぁ……はぁ、んっ、何か……イカされちゃったみたい……」

少しボーッとした表情で、カレンはぽつりと呟いた。

「なるほどね……これがセックスなんだ……まぁ、確かに悪い感じじゃないかもね……」

「よかった。俺だけじゃなくて、カレンも気持ちよくなってくれたら、嬉しいよ」

独りよがりじゃなかった。そのお墨付きがもらえて俺も少しだけホッとする。

「……そーいう、佐野はどうだったの？　気持ちよかった？」

「そ、そりゃあ……あんなに出したんだぞ？　気持ちよくない筈ないだろ？」

「ふふ……まぁ、そっか。絶倫だよね」

「か、からかうなよ。ほら……もう抜くぞ？」

ずるりとペニスを引き抜くと、すぐに栓を失った秘唇から、ねっとりとした精液と愛液のミックスが垂れ落ちる。

「んっ……はふ……血も出てた筈だけど……これだけ混ざるとよく分かんないね」

うっとりと呟きながら、カレンは溢れた粘液を指に絡ませる。

「にちゃってしてる……ふふ、やっぱやらしーね」

そう言いながら、粘り気を弄ぶカレンは何だかとても色っぽく、俺は思わすその光景に見とれてしまった。

＊　＊　＊

「ふぅ……」

目まぐるしい一日が終わり、俺はまだ高揚した気分のままベッドに寝転んだ。

改めて、なんて一日だったんだと……そう思わずにはいられない。

「桜子先生、ゆかり先輩、みぃに、カレンまで……」

まさか今日だけで4人を相手にしてしまうなんて……天の配剤にしてもやりすぎじゃないだろうか。

体は疲れている筈だったが、余りにも刺激的なコトの連続にまだ意識は高揚感に包まれている。というか、何か大事なことを忘れている気がした。

(そういえば……姉ちゃんは今日……どうしてたんだ?)

ゆかり先輩とのことがバレて、その後どこか動転した感じで……あれから顔を合わせてない。

(明日、また色々言われるのかな……でも……)

そんなことを考えている時、部屋の扉がノックされた。

「はい？」

もうだいぶ夜も遅いこんな時間に誰だろう……そう思いながら扉を開けると——

「あ、あー……ちょっと……中、いい？」

「あ……姉ちゃん……？」

そこにいたのは、他でもない。今、考えていたありか姉ちゃんだった。

「……どうなの、悠人。入っていいの？」

「えっ？　あ、う、うん。もちろん、どうぞどうぞ」

よもや部屋に来るとは思わず、戸惑いながらも俺は中へと招き入れる。

と、何故か姉ちゃんは扉を閉めると、その内側から鍵をかけてしまった。

「ん……これでよしと」

「姉ちゃん……え、何を？」

そう聞くよりも早く姉ちゃんはそのまま俺に向き直り。

「えやっ！」

そのまま、問答無用で俺はベッドへと押し倒されていた。

「ちょっ……ね、姉ちゃん⁉　急に何を……」

「こんな遅くに来たって意味を何となく察しなさいよ……分かるでしょ？」

「わ、分かるでしょって……あ……」

俺が戸惑っている間に、姉ちゃんは迷いなしの動きでズボンのホックに手をかけると、一気にパンツも引き下ろす。

「ちょっ……な、何やって！」

「いいから大人しくしてなさい。ちゃんと気持ちよくさせたげるから」

「んな……いきなりそんな……うっ⁉」

心の準備も何もないまま、いきなり姉ちゃんが俺の肉棒にしゃぶりつく。

「はむぅ……りゅぷ……ん、ちゅぷ……んふぅ……くぷっ……」

まだ、ほとんど勃起していなかったペニスは、いきなりの熱い吸い上げで、あっという間に芯の通った太肉棒へと成長する。

「ほら、もうこんなに大きくなった。アンタの感じるトコなんて、もうバッチリ分かってるんだから……」

すっかりギチギチになった肉棒に話しかけながら、姉ちゃんは再び深く肉棒を咥え込む。

「うぐっ……そ、そんな奥まで……」

「んふっ、慣れちゃえば……アンタのオチンチンなんて、どーってことないわよ……ほら、ここの裏すじとか好きなんれひょ？」

深々と肉棒を咥えたかと思えば、今度は舌を突き出して、れろれろとカサのくびれ、裏すじとを舐め回す。

もちろん、しっかりと唾液はまぶされてじゅぽじゅぽと音を響かせて。

「姉ちゃん……あの……」

「いーから黙って……アンタを一番気持ちよくしたげるのは、あたしだって分からせてやるから……素直に身を任せて、気持ちよくなってなさい……りゅぷっ」

熱のこもった姉ちゃんの奉仕は止まらない。口元をくぽっと窄めて、震える亀頭に圧力を与えると、今度は優しく唾液まみれの舌が先端をくすぐる。

「じゅるっ……ほら、オチンチンの先っぽ、震えてきた……もうらひたいんれひょ？」

「くっ……姉ちゃん……く、咥えたまま喋らないで……あっ」

「ふふん、情けない声出して……ろうなの？　あたしのフェラ……きもひぃぃんれひょ？　ほら……言ってみなさいよ、じゅるぅ……」

上目遣いの勝ち気な視線で問われれば、もう正直に頷くしかない。

「あっ……くっ……き、気持ちいいよ……でも、こ、こんなにされたら……」

「んふ、ちゅぷぷぅ……我慢できない？　射精したいのね……？」

挑発的な目線でそう言われ、何とか我慢しようと腰に力を込める。

しかし――

「じゅるっ、ちゅうぅぅぅっ、ずずずずっ、じゅぶっ、んじゅじゅじゅじゅじゅっ！」

「うぁっ!?」

これまでに見せたことのない、下品な音をさせながらのバキュームがビクビクと腰を跳

ねさせる。

「ま、待って……姉ちゃんっ、そ、それ以上はマジで……あっ、で、出るから！」

「じゅぷっ、んふっ、いーから、らしなさいってのよ。顔でも……口の中れも……んっ、好きにぶちまけるのっ」

すっかり高揚した気分のまま、姉ちゃんの遠慮なしでのバキュームが止まらない。

一気に膨れ上がる快感は、もはや僅かな猶予もなく、俺は姉ちゃんの言葉通りの選択を迫られる。

「さあ……ろうふるのっ、どこに出したいのか言いなさいっ……」

とどめとばかりに、むにゅっと玉袋まで握られて姉ちゃんが迫る。

いよいよ我慢できない快感の奔流に飲まれながら、俺は――

「こ、このまま……飲んで……！」

精液を飲ませてしまう……淫らな欲望を抑えきれず、俺は素直にそう口走ってしまう。

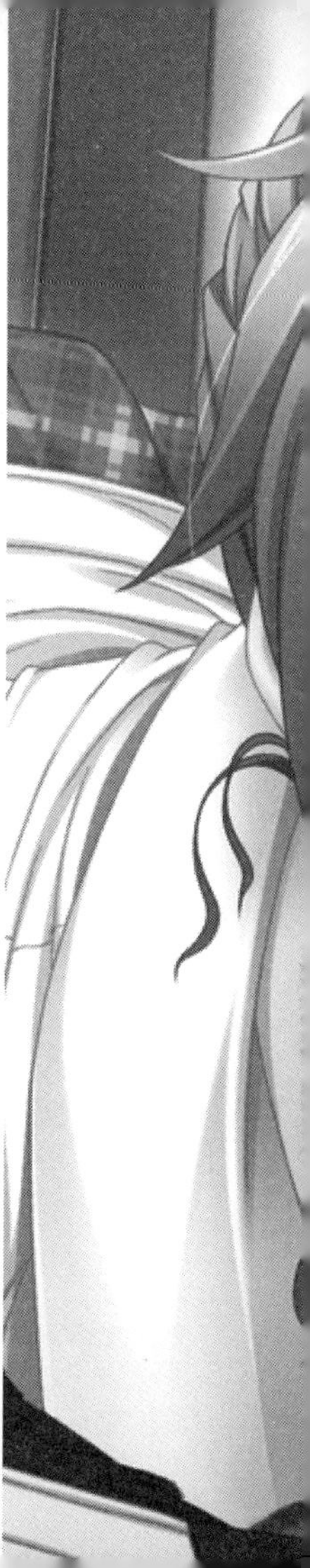

「んふっ、りゅぷっ、実の姉に……精液飲ませたいなんて……じゅるるるっ、じゅぷっ、んじゅじゅじゅじゅっ！」

「あくぅうっ⁉」

浅ましい欲望を笑いながらも、姉ちゃんは全く奉仕のペースを落とさない。

「んりゅ……じゅる、いいわ……アンタのいやらしい望み……かなえたげる……りゅぷっ、らひなさい……んじゅっ、じゅるるるっ！」

もごもごと口に咥えたまま呟きながら、ハードなセックスさながらに激しいディープスロートを重ねてくる。

「あ……あぁっ、も、もうっ！」

一気に膨れ上がる快感に、もう我慢なんかできる筈もなく、俺はそのまま欲望の滾りを姉ちゃんの口に解き放つ。

「んんんんっ！　ふぐっ、んむっ、んっ……んんんんーーーーっ！」

ビュクンと亀頭から迸る大量の白濁が、姉ちゃんの喉奥を容赦なく打ち付ける。

「ふぐっ、んんっ、あぷっ、んんっ、んっ、んーーーーーっ！」

その勢いに一瞬怯みつつも、姉ちゃんは口を放すことなく、何とか頬にも粘液を溜め込むと——

「んくっ、んっく、んく……んくんっ……んっ……んくん……」

やがて、しっかり喉を鳴らしながら精液を胃袋へ流し込み、遂にはすっかり全てを飲み下した。

「は……ふは……はぁ、はぁ……けほっ、けほっ……」

「だ、大丈夫……？」

軽くむせ返る姉ちゃんに慌てて聞くが、姉ちゃんは強がりを忘れない。

「べ、べつにどうってことないわ。でも、前より随分出してくれたじゃない」

「それは……う、うん」

「ふふっ、それだけあたしのフェラが気持ちよかったってことよね？」

得意げに微笑みながら、姉ちゃんはぺろりと舌を伸ばし、口の周りの精液を丁寧に舐め取った。

「で……やっぱり、まだビンビンのままよね」

唇が離れしばらくしても、俺の肉棒は次の刺激を期待してか、硬いまま反り返っている。

「これは……姉として、ちゃんと最後まで面倒見なきゃダメなものよね？」

「ね、姉ちゃん……」

「そうよ……ゆかり達にできたんなら、あたしだって……」

決意の言葉とともに、一旦身を起こした姉ちゃんだったが、再びその表情は緊張に包まれ、もじもじと動きも固まってしまう。

「ほ、ほら……どうしたの？　したいんでしょう？　だったら、早くしたらどうなのよ」

「早くしたらって……その……」

「わ、分かるでしょ！　アンタ、し、したくてたまんないんでしょ！　だったら、仕方ないって言ってんのよ！」

そう叫んでみるが、体は全く動こうとしない……いや、正確に言うならば動けない。

「……もしかして、姉ちゃん……どうしたらいいか分からない？」

「バッ、バッカじゃない？　そんなワケないでしょっ、た、ただ……アンタが、その……うぅ……」

否定しながらも、姉ちゃんは俺を押し倒してくることもなく、じっとしたまま。

よく見れば、その体は緊張か、恐怖か、小さく震えているようにも見える。

「そ、そのさ……怖いなら、そんな焦ってしなくても……いいんじゃないかな」

「……っ、な、何でよっ！」

「え……な、何でって……」

「他の子とはしてるのにっ！　何であたしの処女は奪ってくれないのよ！」

その時、初めて姉ちゃんの声が涙声になっていることに気がついた。

「……姉ちゃん……」

「そうよ、初めてよ！　経験なんか全然ないわよ！　どうせ無理してるとか思ってんでしょ！　その通りよ！」

今までかたくなに認めなかった事実を、姉ちゃんは吹っ切れたかのように口走っていた。

「だからっ……アンタが、しっかりしてっ……あたしの……奪ってくれればっ……それくらい分かんなさいよっ！」

一息にまくし立てた姉ちゃんの顔は真っ赤で、そしてまた目元が潤んでいるようにも見えた。

これだけいっぱいいっぱいになりながらも、なお、俺を求めてくれている。

その気持ちに、気がつけば俺も自然に体が動いていた。

「あ……………な、ナニよ……」

ぎゅっと体を抱きすくめると、姉ちゃんは思わず戸惑いの声を上げる。

「ごめんな、姉ちゃん。泣かせちゃって……」

「な……べつにあたしは泣いてなんか……」

「もう無理させたりしないから。だから、俺に身を任せて……体を楽にして」

そうだ……ここまでさせておいて、放っておくことなんかできはしない。

「悠人……」

「姉ちゃんの初めて……もらっちゃうから。いいよね？」

「う……うん」

こくんと頷く姉ちゃんは、何だかいつもより小さく、そして無性に可愛く見えた。

「じゃあ、するよ。下……脱がしちゃうけど……いい？」

「リードしてくれるんでしょ……好きに、しなさいよ」

「分かった。じゃ……ちょっとだけお尻浮かせて」

「ん……」

従順に頷き、ちゃんと俺がスカートを脱がせるのも協力してくれる。

普段見せることのないしおらしい様子に、俺は奇妙な興奮を覚えながら、少しずつ姉ちゃんをあられもない姿にさせていく。

「あ……」

恥ずかしい場所をほとんど晒してしまう格好に、姉ちゃんの顔が耳の方まで赤くなる。

「綺麗だよ……姉ちゃん……」

「そんなのっ……い、言わなくてもいいっ。は、早く……して」

褒められることが恥ずかしくて堪らないとばかりに、ぎゅっと姉ちゃんが目を閉じる。

「もうちょっとだけ足……開いて。そう……」

「……っ……」

羞恥に震える太ももを柔らかく押し開き、俺はそのまま無防備な割れ目に舌を這わせる。

「んぁっ⁉　なっ……舐めっ、アンタ……ナニしてっ！」

「じっとして。俺に、任せてくれるんでしょ？」

最初に十分準備をするべき……それはこの最近で嫌というほど学んだことだった。

「だ……だからって、そんなトコ……あっ……」

「俺のチンポだって、姉ちゃん舐めてるじゃない。それと同じだよ……んちゅぷ……」

「ひぁっ……あっ、く……ぅぅうんっ！」

指での愛撫とは大きく違う、ぬめった舌先の感触に、姉ちゃんの体がびくんと波打つ。

もちろんそれは悪い反応じゃない。敏感な証だ。

「ちょっとくすぐったいかも知れないけど、それは我慢して。ゆっくりしていくから……れろ」

「わ、分かったけど……」

まだ何か言いたげに俺を睨むが、結局姉ちゃんは力を抜いて、俺のされるままに任せてくれる。

「んんっ……あぁ、悠人が……あたしの……舐めちゃってる……はぁぁ……」

僅かな湿り気を帯びた肉裂は、ぴちゃぴちゃと舐めてやると少しずつ反応を強め、じわじわと新たな蜜を湧き出させていく。

「どんどん濡れてきてるよ……よく滑るようにしとかないとね……ちゅぷ……」

「んぁっ……はっ、あ……ふっ」

丁寧に、肉ひだをかき分けて、優しくなぞるように舌を這わせる。

舌先に滲み出した愛液の味が芳醇な匂いとともに広がって、俺の興奮も止まらない。

「は……ふっ、んっ……あぁ、悠人……アンタ、そんなに反り返らせて……」

「うん、姉ちゃんの中に入りたいって疼いてる……もう、止められないよ？」

「んっ……うん。し、して……早く……悠人のオチンチン……中に、入れて……」

期待と羞恥に震えながらの懇願がもう理性を溶かしてたまらない。

く。

「ずぷり……ずぷりと、ゆっくりと肉を引きずるようにして、肉棒が奥へとめり込んでい
「う……くぅぅぅっ、あ……あぁぁぁ……」

「行くよ……」

もう一度断りを入れ、俺はいきり立つ肉棒をゆっくりと姉ちゃんの奥に重ねていった。

「う……くぅぅぅっ、あ……あぁぁぁ……」

ずぷり……ずぷりと、ゆっくりと肉を引きずるようにして、肉棒が奥へとめり込んでいく。

スムーズな侵入は、しかしほどなく止まり、先端には強い抵抗が待っていた。

「あ……っく、う……うぅぅ……」

「姉ちゃん……大丈夫？」

やはり痛みがあるのか、姉ちゃんの表情が苦しげに歪む。

強張った体は、痛みを堪えようと小さく震え、俺を抱き締める指先に強い力がかかるのが分かる。

「キツい……？　一回抜いた方がいいかな？」

「だ……ダメよ！　これくらい……全然大したことないわっ……だから、ゆっくり続けなさいっ」

「……分かった、ゆっくりね」

姉ちゃんの様子は、みあかのそれよりはまだ余裕がある。そう判断して、俺は慎重に腰を進め、そのまま膣奥を貫いていく。

「んんんんっ……く……んふぅぅ……はぁ……はぁ……」

「もう少し力、抜ける？　その方が余計に痛まないと思うんだ」

「か、簡単に言ってくれるじゃない……んっ、これで……どう？」

微かに声を震わせながら、姉ちゃんがどうにか体の力を抜いてくる。

「うん……よさそうだよ。ほら……奥まで入っていく……」

「んぁっ！　は……あぁ……っく、ぅぅぅんっ！」

タイミングを見計らいぬるりと腰を進めると、一気に処女膜を裂くようにしながら、肉棒が最後まで届いていく。

「んっ……姉ちゃん、届いたよ。奥まで全部。姉ちゃんの初めて、ちゃんともらった」

「は、ふっ……んっ……そ、そうみたいね。分かるわ……こんな感じなんだ……」

「痛みはどう？　きつくない？」

「んっ……思ってたより、ずっとマシよ……んくっ、アンタがちゃんと優しくしてくれたからね……」

まだ少し苦しげにしながらも、心配させまいと笑みさえ浮かべる姉ちゃんが可愛くて仕方ない。

「姉ちゃん……」

「……え……悠人？　あ……んんっ！」

それは、本当に衝動的な行為だった。今の自分の気持ちを伝える為に、体は言葉よりもキスを選んだ。

「んっ、悠人……ちゅ……んっ……ふっ……ぁ……」
そんな突然のキスに驚きながらも、姉ちゃんは素直に身を委ね、俺の唇を受け入れてくれる。
どれくらいの間、唇を重ねただろうか。そっと口が離れると、姉ちゃんはキッと俺のことを睨みつける。

「な……何してんのよ、アンタ！　は、初めてなのに……！」

「……ごめん、姉ちゃんがすごく可愛くて……つい」

「ばっ……な、ナニ真顔で……そ、そんなこと……！　あぅ……」

俺の正直な言葉は、姉ちゃんの怒りを霧消させ、代わりに顔を真っ赤にさせていく。

「んっ……あぁっ、や……オ、オチンチンまで……ピクって……あ……」

さらに繋がったままの肉棒も反応し、姉ちゃんは自分を満たす新たな感覚に気づく。

「へ、ヘンな感じ……キスされたら……何か、痛くなって……あ……何これ……」

「姉ちゃん……こんな時に言うのもなんだけど、続き……しても？」

「え……？　あ、そ、そうよね、まだこれから動くのね」

途中だった行為を思い出し、姉ちゃんは可愛らしくこくんと頷く。

「んっ、いいわ……今なら、結構できそう……かも……」

「分かった。それじゃ、痛かったらちゃんと言って」

改めてぬるりと肉棒を引き抜いて、竿が見えた所で再びゆっくりと中へ戻す。一度奥へ届いてしまえば、こじ開けられた中に再び入るのは難しくなかった。

「うわ……すごく熱いよ……姉ちゃんの中、トロトロって……吸いついてくる……」

「んっふっ……当然よ……あたしがしてるんだから……あっ、んんっ……」

意識して締めてはいないだろうが、狭い肉がよじれ合い、みっちりと亀頭を包み込む感覚が体に広がる。

結合部からは、赤い糸を引くように破瓜の血が溢れてくるが、或いはそれさえも滑りやすさに貢献しているかもしれない。

「んんんっ……あ、あぁ……また……広がってきちゃう……くぅぅぅ……」

その感想は、痛み以外のものを膣で感じているからこそだろう。徐々に出し入れを速め、俺は姉ちゃんの膣内を味わっていく。

「んくぅ……ど、どう……なのっ、悠人……ちゃんと、気持ちよくなってんの……？」

「うん……なってるよ。姉ちゃんのオマンコ……狭くて、熱くて……溶けちゃいそうなくらい気持ちいい」

「んぅっ！　そ、そう……よね。ふふ……」

俺の言葉に安心したように力を抜くと、またぬるんと肉棒が滑って奥へと届く。

ちゅくんと愛液がかき出される音が大きくなり、それがよりお互いの気持ちを高めていく。

「あたし……しちゃってる……悠人とセックス……奥までオチンチン入れられて……この感じ……あぁっ、し、知らない……んんんっ！」

上ずった嬌声が余裕のなさを知らせるが、それは俺も似たようなものだった。

「姉ちゃん……んくっ、うぅっ……し、締まるっ……！」

より密着度を増した柔肉が、ぬるんと亀頭を擦り上げ、体の震えを強くする。

火照った体から滲む汗が滑りを助け、揃って息遣いを乱しながら——

「あっ、あぁっ、何か来てるっ、ダメっ、あたし……あっ、も、もうっ！」

「くっ……お、俺も！　こ、このまま一緒にっ……！」

「あっ、はっ、あっ、んぁぁっ、あっ、あぁぁっ、あーーーーっ！」

最後は高らかな叫びとともに、ビクンと体が波打って、柔肉が強く収縮し。

「うぅっ！」

僅かに迷いながらも、体が求めていることは一つだった。

びゅくんと、膣奥に射精を果たし、もう一度姉ちゃんが官能の叫びを上げていく。

「んぁぁぁぁっ！　ふぁっ……今……あたし……あ、ふっ……」

「ちゃんとイッたんだね、姉ちゃん……オマンコがヒクヒクうねってる……」

「……イッた……これが……そう、なんだ……」

がくんと体の力を抜いて、姉ちゃんは初めて味わうセックスでの絶頂感に酔い痴れる。

「んっ……不思議な感じ……まだ痛い気もするけど、何かフワフワしてるみたい……」

うっとりと呟きながら、無意識に姉ちゃんが、ぐっと腰に力を込める。

「うぁっ⁉　姉ちゃん……ま、またそんなに締めたらっ……」

不意打ちのように訪れた熱い収縮に、肉棒は完全に油断していた。

じゅんと熟された熱い粘膜が、ねっとりと亀頭にへばりつき、敏感な先端は誘われるように精液を解き放つ。

「んぁん⁉　ま……また出たのっ？　あ……な、中……んんっ……！」

繋がったまま新たに注がれる精液の感触に、再び姉ちゃんが身を震わせる。

その震えがまた新たな収縮をもたらし、しばらくの間連鎖的な快感が俺達の間に広がった。

「んっ……はぁ、あふっ……はぁぁ……これで、二人一緒にイケたってことで……いいのよね？」

「うん、間違いないよ。一緒だった」

「そっか……これであたしも……はふ……」

最後は少し力が抜けた感じで、姉ちゃんはホッとしたように目を閉じ、深い余韻に浸った。

「……んっしょ……と。ん、もーいーわよ」

身支度を整えた姉ちゃんが声をかけると、俺はそっと正面に向き直る。

「え……えーと」

改まって面と向かい合うと、何というか思った以上に照れくさい。

それは姉ちゃんも同じなんだろう。しばらく会話のないままそわそわした時間が続く。

「あ……えっと、体……大丈夫かな？」

「ま、まぁね。今のとこ問題ないみたい」

まだ少し腰の辺りを気にしている風ではあったが、姉ちゃんの声に無理をしている感じはなかった。

「そ、そっか。あ……念のため部屋まで送るよ」

「はっ？　い、やっ、いいっ、いいからっ！」

「や……でも」

「大丈夫だって言ってんの！　そんな心配しないでいいからっ！」

慌てて首を振る姉ちゃんに、俺もそれ以上はもう言わない。自分でも、どこか距離感が掴めなくなってる……そんな感覚だった。

「ま……気持ちは受け取っとくわ。その、ありがと……」

「う、うん」

「そ、それじゃあたし戻るから。また明日ね！」

そのまま姉ちゃんは、そそくさと逃げるようにして部屋を出て行く。

歩き方はまだ少しぎこちなかったが、しっかりとした足取りにホッと胸を撫で下ろす。

「結局、姉ちゃんともしちゃったけど……よかったのかな……これで」

一人残されて、今更のようにそんなことを考える。

まだ部屋の中には、姉ちゃんのいい香りが残っているようで、まだ俺の顔も少し熱い。

最後の照れくさそうなありがとうの言葉を脳裏にリフレインさせながら、俺はとさりとベッドに体を埋めた。

第三章 目覚めていく(元)処女ビッチ達

「ふぅ……それじゃ休憩しましょう。水分補給を忘れないようにして下さいね！」

ゆかり先輩の号令で、コートに弛緩した空気が広がっていく。

今日の勉強会組の面々は、いつもより少し動きがぎこちなかった。

せっかく得た思い切りが失われてしまったのか……一瞬そう思ったが、よく見ると揃って内股を少し気にしており、その理由を何となく察してしまう。

(やっぱり違和感があるってのは本当なんだな……)

昨日の鮮烈な感覚は、俺の股間にも残ってる気がする。破瓜の出血までした彼女達なら尚更のことだろうか。

幸いにして、みんなの雰囲気自体はそう変わることはなく、マネージャー仕事がギクシャクすることはなかった。

(体のケアも考えた方がいいのかも……って言っても、デリケートなことだしなぁ)

急にメニューを変更するのも不自然だし、どうしたものか考えていると——

「あの……おにぃ……今、いい？」

ちょこんと背中をつつかれて振り向くと、そこにはみあかが立っていた。

「どうした？　みぃ」

練習直後のせいか、何だか少しみぃあかの頬が赤い。

「んと……こ、こっち」

ぎゅっと俺の服の裾を握るその姿は、まだみぃあかが小さい頃に遠慮がちに甘えてきた時の仕草と同じだ。

「分かった。行こう」

何となく懐かしい感じを思い出しながら、俺達はそのまま部室の外れに向かう。

誰が来ることもないこの時間、二人きりになった所で、みぃあかはぽつりと口を開いた。

「あの……おにぃ、ありがとね……その、みぃが失敗しちゃったこと誰にも言わないでくれて」

「ん？　失敗って、何のことだ？」

何を言いたいのかうすうす想像はできたが、俺は多くは問わずそう答えた。

「ん……おにぃなら、そんな風に言うと思った。でもね、やっぱり失敗は失敗だから……」

やはり気にしているんだろう。今日はいつもより大人しかったし、ずっと悩んでいたのかも知れない。

「だから……今度こそ、ちゃんとして欲しくて……ね？」

そう言ってするりとスカートを下ろしたみぃあかの下半身には、もうアンスコもパンツも身につけていなかった。

恥ずかしそうに息づく秘所は、俺を誘うようにとろんと蜜を垂らし、受け入れ態勢をアピールしている。

「みぃだけ仲間外れになるの……いや、だもん。それとも、みぃじゃダメ？　やっぱり、女の子として……魅力ない？」

心配そうな表情で、みあかはちらりと俺を見る。

「そ、そんなわけないだろ。みぃは、十分……できすぎなくらいの魅力はあるぞ」

「でも……」

また少し泣きそうな表情になるみあかに、俺は思わず苦笑する。

「そんな顔するなって。全く……甘え上手なんだからな、みぃは」

軽く頭を撫でながら、俺はみあかをそっと抱き締める。

「いいよ、みぃ。でも、一つ条件がある」

「条件？　え……なに？」

「確かに準備が足りなかったからな……だから、こうして」

「え……ぁっ、おにぃ……あぁんっ！」

無防備に割り開かれたみあかの股間の前にしゃがみ込み、そのまま湿った割れ目に口付ける。

「あ……お、おにぃっ……何を、ぁ……」

「準備は念入りにするに越したことはないだろ？　それを俺にも手伝わせてくれ。それが条件」

「おにぃ……あっ、んっ、んんんっ！」

滲んだ愛液をぴちゃぴちゃと舐めながら、俺は入り口の割れ目を優しくくつろげる。

震える赤い粘膜は、新たな刺激にぴくっと蠢き、俺の舌を歓迎してみせた。

「みぃも、して欲しかったみたいだな……れろ、ちゅぷ……んちゅ……」

「んっ、おにぃの舌……また、オマンコにぃ……」

「すごいな……どんどん溢れてきてる。やっぱりみぃのオマンコは敏感だな……」

「ひゃっ、あっ、ふっ、んんんっ！　あ、あぁ……くっ、うぅんっ！」

舐めれば舐めるほど反応もよくなり、みあかはいっそう喘ぎを上擦らせていく。

「いいぞ……感じたら、感じたままに声を出して……れろ、ぴちゃ……」

「は……んんっ、あぁ……おにぃ……あっ、オマンコ感じるぅ……」

何度も身を捩るみあかだが、俺は逃さない。しっかりと体を捕まえて、震える秘唇を丁寧に舐め上げる。

「あ……イ、イク……イッちゃう、あぁっ、みぃのオマンコッ、あぁっ、イ、イクぅんっ！」

そのままブルっと腰を震わせ、みあかはあっけなく絶頂に達していた。

「はぁ……はぁ、んっ、あぁ……おにぃ、うますぎ……は、ふ……」

小さく肩を上下させながらうっとりと息をつく間も、こんこんと愛液は滲み続け、割れ目は物欲しげにヒクついている。

「みぃ……今度はよさそうだな」

「ん、うん……みぃも、待ちきれないよ……もういっぱい濡れてるからぁ……おにぃのオチンチンで、今度こそ……みぃのバージン奪ってぇ……」

俺は腹をくくり、そっと体の間に割り込んでいく。

「んっ……んんっ、くっ、あっ、うぅぅぅぅんっ！」

十分に潤んだ膣道ではあったが、やはり途中に大きな抵抗が残り、みあかの表情が再び歪む。

「大丈夫だ、みぃ。息をゆっくり吐いて、なるべく力を抜いて……」

「う、うん……やってみる……はぁぁぁ……は、ふっ……」

どうにか俺を受け入れようと、みあかは言われた通りに息を吐き、少しでも力を抜こうと試みる。

「ゆっくり進むからな……痛いか？　一回ここで休んどくか？」

「ううんっ、だ、大丈夫……みぃ……こんなだけど、でも……絶対やめないで……ゆっくり、このままっ……」

また離れてしまうことを怯えるように、ぎゅっとみあかの体が俺を掴む。それだけの強い気持ちを無碍（むげ）にはできない。

「大丈夫だ、ちゃんと最後までするからな……ほら……少しずつ進んでる」

「う……ぅんっ、あ……ふっ、くぅぅぅ……はっ……」

途中、何度か押し返す感触を味わいながらも、体は少しずつ密着する。

そして、みあかが体の力を緩める度に、ずぶり、またずぶりと肉棒が沈み——

「んっ……みぃ、全部埋まったぞ……俺のチンポがみぃの中に入ってる」

「あ……う、うん……分かる……みぃの中、オチンチンでいっぱいになってる……」

ようやく果たされた結合に、みあかはうっすらと涙を浮かべつつも、嬉しそうに頷いた。

「これがロストバージンの痛みなんだよね……？　みぃ……嬉しいよぉ……！」

「もう少しじっとして馴染ませるからな。大丈夫そうになったら教えてくれ」

「ん……ありがと。あぁ……でも、やっぱり、おにぃのオチンチン本当に太い……いっぱい広げられて、みぃのオマンコ、おにぃの専用にさせられちゃってるぅ……」

少し大げさに言いながらも、みあかの肉裂はぬらりと蠢き、くちゅんと愛液の潤みを感じさせてくれる。

「んっ……おにぃ、も、もう大丈夫だよ……このまま動いて……みぃのこと、犯して……！」

「いいんだな？　じゃあ……動かすからな」

みあかの言葉に頷いて、まずそっと腰を引いていく。

「うん、よさそうだ。優しく滑らせていくからな……」

出血がなかったことに安心し、俺は再びぐいっと腰を前に戻していく。

「んんんっ、くぅ……あぁ……また、入ってくる……あふっ、きたぁ……」

アドバイスを意識して、なるべくみあかは自然体になろうと何度も小さく息を吐く。

その甲斐もあってか、かなりゆっくりながらも、肉棒の出し入れは続けられ、その動きも徐々にスムーズになっていく。

「熱いぞ……みぃのオマンコ。トロトロになってる……」

「んんっ、うん……みぃも、おにぃのオチンチン……すごく熱くなってるの、よく分かるぅ……」

やせ我慢をしているうちに、少しずつみぁかの反応にも変化が出てきていた。

苦痛を上書きするその声音は、明らかに甘みを帯びた悩ましげなものになりつつある。

「あぅっ、んんっ！　す、すごい……お腹の奥までズンズン突かれて……何、この感じ……ああっん！」

滑らかなピストンが重なる度に、少しずつみぁかの体に届く感覚が変わってくる。

「おにぃ……な、何か怖いよ……違うの、どんどん上がってきちゃう……みぃ、どうなっちゃうの？」

「大丈夫……もう少しで、みぃも知ってる気持ちいい感じになるから。俺がついてるから……な？」

不安げなみぁかの体をぎゅっと抱き締め、優しくストロークを続けてやる。

今やすっかりとヌルヌルになった割れ目は、淫らな音を奏でながら、嬉しそうに震えている。

「はっ、あぁっ、あっ……おにぃっ、きた……んっ、これ知ってるの……気持ちいい感じ

ryumai

……あっ、もうっ！」

「いいぞ……そのまま我慢しないで身を任せて……」

「うんっ、あふっ、きてるっ、あっ、あぁっ、みぃ、も、もう！」

もじもじと腰を揺らめかせながら、いっそう声を上擦らせて。その熱を全身に感じながら、俺は子宮へ届く勢いで、肉竿を一番深くまで埋め込んで――

「あ……んぁぁぁぁぁぁぁぁんっ！」

直後、ひときわ高らかな嬌声とともに、みあかが俺の肌に指を食い込ませていく。

「ひ……ぁっ……あ……は……い、いまの……」

「大丈夫だったか、みぃ？」

「え……ぁ……んっ……うん……」

俺が顔を覗き込むと、みあかは一瞬呆けたようにこちらを見て、それからかぁっと顔を赤らめる。

「だ、だいじょぶ……みぃ……イ、イっちゃったみたい……」

「……みたいだな。痛みはどうだ？　まだ、強いか？」

「え……あ、う、うん……じゃなくて、じーんって痺れてるみたいで……今も、オチンチンが当たってるトコ……熱いの……」

「そうか。どうする、一回抜いてみるか？」

無理はさせたくない、そう思って聞いてみたが、みあかは慌てて首を振った。

「あ……だ、大丈夫だよ！　だって、おにぃ……まだでしょ？」

「や、まだって言えばまだだけど……みぃがイケたんなら……」

「ダメ！　そーいうのは優しさじゃないよ！　おにぃも一緒に気持ちよくなってくれなきゃ意味ないの！」

そこは絶対に譲らないと、みあかは懸命に俺を引き止める。

「そ、そうか」

「みぃ、もう平気だよ……おにぃのお陰で、オマンコどんどん気持ちよくなってるから……だから、ちゃんと最後までして……みぃのオマンコに射精してぇ……」

紅潮した表情のまま、切なげなおねだりとともに媚唇が蠢く。

妹とセックスし、射精までしてしまう……そんな背徳感がすぐそこにあることを実感し、俺の理性を焼き切っていく。

「みぃ……もう止まらないぞ……？　最後まで行くからな……」

「んぁっ！　あっ、くぅんっ、いいのっ……あぁっ、ズンズンされてっ、あひっ、気持ちいいよっ！　オチンチン気持ちいいっ！」

絶頂でいっそう敏感になった膣肉は、再開された抽送に、恥ずかしい濁音で答えていた。

「ひゃふっ、んぅっ、くぅんっ……あぁっ、ヌルヌルするっ、お汁……いっぱい出ちゃうのっ、オマンコがぁっ！」

「あぁ……後から後から溢れてくるな……それに、しっかり吸いついて……いやらしいオマンコだ」

「あぁっ、感じてっ……おにぃ、みぃのオマンコで……いっぱい気持ちよくなって……！」

もはや自分の感覚を制御できず、ひたすらに首を振って、流れ込む刺激に翻弄されるみあか。

それでも、肉体はついてきている。嬉しそうにへばりつく肉ひだのうねりと、結合部から溢れるとろりとした雫が何よりの証明だ。

「はひっ、あっ、あぁっ、ダメ……おにぃ、みぃ……また、ヘンになるっ、あっ、が、我慢できなくなっちゃう！」

「いいよ……我慢しないでイッちゃえ。みぃがイッても止めないから。俺がイクまで、ちゃんと続けるから」

「あぅんっ、んんっ！　あっ、そ、そんなこと言われたらっ、あひっ、イクっ、みぃ……またイッちゃう、あっ、あぁぁぁぁっ！」

そのまますみあかの体がぐっと仰け反り、２度目の絶頂が全身を包んでいく。

「う……くっ！」

それと同時に、俺の肉棒にも熱い粘膜の吸いつきと収縮が襲い、そのまま俺はみあかの中に射精していた。

「ふぁっ……あ……あぁぁぁ……な、なに……？　あ……出てる……出てるの？」

感覚がはっきりしていないせいか、みあかは膣内を満たしていくものを精液とは認識できず、不安げに聞いてくる。

「あぁ……出てる……んっ、今もまだ……んんっ！」

「ん……ふぁ……こ、これがそうなんだ……あぁ、何だかあったかいような、おにぃの赤ちゃんの素が出てるんだ……」

「あ、赤ちゃんって……」

「ふふ……そんな心配な顔しないで。んっ……でも、嬉しい……おにぃの精液、ちゃんと受け止められたよ……」

嬉しそうに微笑むみあかの表情に、思わずドキリとして、射精したばかりの肉棒がビクンと震える。

「あ……今、ちょっとオチンチン震えた？」

「わ、分かるのか」

「うん……オマンコ、すごく敏感になってるから……んふっ、もっとしたいって言ってるみたい……」

それは、甘美な誘惑の言葉だった。

「ね、おにぃ……もっとして。さっきよりもっと気持ちよくなりたいの……ね？」

「みぃっ……」

「ふぁぁぁんっ！」

再び体は自然にピストンを始め、熱いシチューのような蕩けた中をかき混ぜる。

「あっ、すごっ、声……勝手に出ちゃうのっ……あぁっ、気持ちいいって……こうなんだ……あん！」

「あぁ……俺も気持ちいいっ……こんなの全然止まらないっ」

ぐちゅっ、ずぶっと下品に響く水音が、俺達の体温を上げていく。

いやらしい音をさせればさせるほど、ドキドキは高まり、もっとその音を聞こうとピストンが益々勢いを増していく。

「あぁっ、ま、またすぐきてるっ、ひっ、あひんっ、ま、またぁ！」

「俺もだ……みぃっ、また俺も……すぐにイクからっ！」

「こ、今度は一緒に！　おにぃと一緒にイキたいよぉっ！」

「あぁっ、一緒だっ……みぃっ！」

みあかの叫びに強く頷き、ぎゅっと体を抱きすくめて密着する。

一番奥深くまで肉棒をめり込ませた瞬間、ぎゅっと万力のように膣口が挟まり、二人が一つになったことを確信した瞬間。

「ふぁぁぁぁんっ！」

互いの叫びもまた一つに重なり、そのまま俺達は同時に絶頂へ達していた。

「はっ……んんっ、あ……あぁぁぁ……出てる……おにぃの熱いのきてるの……分かるぅ……」

ガクガクと体を震わせ、今度こそみあかは膣内を満たす精液を実感する。

前回は苦痛で受けきれなかった肉棒を、小さな女性器で懸命に咥え、俺に快感を伝えようとヒクつき続ける。

「はぁ……はぁ……こ、これで全部……」

最後にもう一度ぶるっと腰を震わせ、湧き上がったぶんをみあかの胎内に注ぎ終える。

そのままホッと一段落して、腰を引こうとした時。

「あ……ま、待って……おにぃ、い、今、抜いちゃ……」

「え……？」

引き止めようとするみあかの言葉より先に、結合が解かれる。

ずぷっと下卑た音をさせながら肉棒が抜けると、亀頭には愛液と精液がまみれてドロリとしていたが――

「ひぁ！　あっ……や……だ、ダメ……あっ、待って……あ、あぁ……」

「みぃ？」

次の瞬間、ずっと挿入を受け入れていたみあかの割れ目が、ぴくぴくっと新たに震え――

「あ……やだ、ダメ……あっ、は……あぁぁぁぁ……」

体の踏ん張りが利かなくなってしまったせいか、みあかはまたしてもお漏らしをしてしまっていた。

「うぁぁ……やっ、止まらない……んんっ、恥ずかしいの……と、止まってぇ……」

いやいやと首を振りながらも、もう自分ではどうすることもできない。

羞恥にぎゅっと目を閉じ、全身を可愛らしく震わせながらみあかは放尿を続けてしまう。

「や……おにぃ、お願いだから見ないで……あぁぁ……はぁぁん」

嫌がりながらも、俺の視線を意識して感じている所もあるのかも知れない。

切なげな表情で、おしっこを続けるみあかに、俺はお願いの言葉も忘れて見入ってしまう。

「あ……は、あふっ……」

やがて、ブルっと最後にもう一度体を震わせ、みあかがほっと息をついて放尿が終わる。

「う……うぅっ、おにぃ……ごめんなさい、みぃ、また……」

「大丈夫だよ……みぃ。みぃは悪いことは何もしてないから」

すっかりと泣き虫に戻ったみあかに、俺は優しく声をかけてやる。

「すぐ後始末すれば、何も心配ない。っと、その前にここも拭いちゃおう」

「えっ、あ……やっ、あんっ！　いいよ、おにぃ……じ、自分でするっ」

「そう言わずに、やらせて欲しいんだ。ほら、体、楽にして……」

結局、恥ずかしがるみあかを押し切って、俺は尿と精液にまみれた割れ目を、ティッシュで丁寧に拭ってやる。

「んっ……は、ふぁ……はぁ……」

最初は恥ずかしさに息も絶え絶えだったみあかも、ゆっくりと股間を清められ、次第にホッとしたように身を預ける。

「うん、これでよし」

すっかりと拭き終えた所で、手際よく雑巾で床も綺麗にし、適度に臭い消しも使って何事もなかったかのように元通り。

「……あ、ありがと。おにぃ……」

「どういたしまして。で……体の方は大丈夫か？」

「あ……うん、大丈夫……最初はやっぱり痛いなって思ったけど、でも不思議……」

愛おしげにお腹を撫でて、みあかは明るく微笑んだ。

「おにぃと結ばれたんだって思ってから、何だかお腹の奥がキュンキュンして……そしたら、おにぃも凄く気持ちよさそうな顔してて」

「ま、まぁ……実際気持ちよかったからな」

「うん……それがすごく嬉しくて、気がついたら痛いのが、どんどん熱いのになって、それから気持ちいいになってたの」

ぎゅっと胸元に顔を埋め、甘えるように頬ずりしながらみあかは幸せそうに告げてくる。

「ありがとね……おにぃ。おにぃに初めてあげられて、嬉しかった」

「みぃ……」

「ふふぅ……おにぃに頭撫でられるの好きぃ……」

ごろごろと猫のように甘えるみあかを優しく撫でてやりながら、俺達はしばらく緩やかな余韻を楽しんでいた。

＊　＊　＊

その翌日――

「どれ、こんなもんか」

データの入力を終えて、ほっと息をつく。

一人黙々とする作業は嫌いじゃないが、普段の賑やかな時と比べると何とも寂しい感じがしてしまう。

「どうするかな……ちょっと手持ち無沙汰になっちゃったけど……」

と――

「おっ、お疲れ～」

不意にドアが開き、ひょいと顔を覗かせたのはカレンだった。

「カレン、どうしたの？　何か忘れ物？」

「いや、そうじゃなくて。えーと……そっちは仕事は終わったのかな？」

軽く周囲を見渡しながらカレンは、そんな風に尋ねてくる。

「うん、ちょうど今終わったとこだけど」

「お、ちょうどよかった。じゃ、この後ってヒマ？　ちょっと付き合って欲しいんだけど……センセに頼まれごとされちゃってさ」

先生というのは桜子先生だろう。カレンに頼みごととは珍しい。

「いいけど、何を頼まれたんだ？」

「うん、ドラッグストアに買い物。備品が色々足りなくなってるみたいでさ」

「そんなの俺の仕事じゃん。どうしてカレンが？」

「あー、本来ならそうなんだけど、なんか忙しそうだったから頼めなかったっぽいよ。だからあたしに言ってきたっていう」

掃除をしていた所を見てたんだろうか。変に遠慮するところが桜子先生らしいというか。

「いいよ、俺が行ってくる。カレンは練習あるだろ？」

「や、あたしが頼まれたことだし。でも、付き合ってくれるなら荷物持ちを手伝ってくれたら助かるかなーって」

「おう、わかった。行く行く」

俺が気軽にＯＫすると、カレンは嬉しそうに顔をほころばせた。


「さてと……じゃ、頼まれたもん先に済ませちゃおっか。えーと、合宿所の備品が色々……」

ドラッグストアに着くなり、カレンは胸の谷間に指を突っ込んで、折り畳んだメモを取り出す。

「そ、そんなとこにしまわない！」

「えへへ、ここなら絶対に忘れないもん。いざという時のために、お札も畳んで隠してあるんだよー」

「いざという時ってどんな時だよ、一体……」

「えーっと、洗濯用洗剤、台所用洗剤の詰め替え用、湿気取り、それとスポーツドリンクの粉末と……」

カレンの指示に従って、次々とカゴに品物を放り込んでいく。

「後は……おっ、堂々と売ってるよね～、最近はこういう物も」

「えっ、なにが……って、うわぁ」

振り向くと、そこの棚には所狭しとコンドームが並んでいた。

「ふむふむ、世界最薄だって。いわゆる、着けてることを感じないってやつだね」

「こんなに種類があるのか……すごいなぁ……」

「サイズも色々だね～。匂いが少ないのとかあるよ。ゴムの匂いが嫌いな人向けなのかな？」

カレンは興味津々でコンドームの箱を凝視している。

棚の商品をよく見ると、コンドームの他にもローションやらゼリーやら置いてある。この辺り一帯、それ系のグッズが集められているみたいだ。

「ふふふ……こんなとこじっくり見てたら、これからヤるカップルみたいだね～？」

色っぽく微笑みながら、ぎゅっと俺の手を握ってくるカレン。

「わわっ……それじゃ、こんなとこを知ってる人に見られたら大変だよ？」

「やー、あたしは構わないケド？」

「そ、そういうわけには……」

どぎまぎする俺を見て、カレンは楽しそうに笑っている。

「あっ、そうだ。洗顔フォームなくなりそうなんだった。ちょい、ここで待ってて～」

俺を煽るだけ煽って、カレンは勝手に自分の買いたいものの売り場へ行ってしまった。

「自由だよな……ホントに」

どこまでもマイペースさを貫くカレンに、思わずドギマギしてしまった。

「いっぱい買っちゃったね。重くない？」

「大丈夫だよ、これぐらいなら」

流石にまとめ買いすると結構な量になったが、密度のあるものはそう多くない。

お使いついでにほどほどにショッピングも楽しんだ俺とカレンは、帰る前に公園で一休みすることにした。

「今日は引きずり回しちゃってごめんね～」

「いや、俺は全然大丈夫だけど、カレンは疲れてない？」

「へーきへーき。センセに頼まれた買い物だけど、デートみたいで楽しかったしね～」

「ははは……そう言ってくれると嬉しいよ」

俺は笑いながら、何気なくカレンの顔を見た。

すると、妙に真っ直ぐに俺の目を見つめ、口角を上げて微笑んでいるカレンと目が合った。

「じぃ～～～……」

「な、何だよ」

俺の気持ちを見透かすように、カレンが意味ありげに笑みをこぼす。

「ふふふっ……ねぇ、デートの締めっていったらさ、お決まりがあるよね？」

唐突なカレンの言葉に、俺は思わずゴクンと生唾を飲み込んだ。

「お、お決まり……？」

どう答えていいのか分からず、とりあえずちょっととぼけてみる……が、カレンには通用しない。

「……ね、せっかくだし……エッチしよ？」

あまりにも、どストレートな物言いだった。

「う……う、うん……でも、あの……」

「ふふふ……前、けっこーヤバいことになってるよ？」

言うが早いか、カレンはスッと俺のズボンの上に手を当てる。

意識するまい……そう思っていたのに、その中心は既に膨らみかけていた。

「途中からモジモジしてたのも、ちゃーんと分かってるからね～？」

「う……」

「ほら、あそこの奥、誰もいないしさ……青姦っての、試してみよ……ね？」

妖艶な目つきで誘ってくるカレンの前に、俺はあっさり陥落してしまった。

「わお、準備バッチリだ」

カレンに手を引かれて、ひと気のない茂みへ来た俺は、すでに猛々しく屹立しているモノをあらわにした。

既にカレンの方も服をはだけ、褐色の双乳が目の前に差し出されている。

外でする……その恥ずかしさはあったが、カレンのあけっぴろげな感じが、少しだけ気持ちを楽にしてくれた。

「ねえ、早く入れてよ……いつまでそれ、勃起させたまんまにしておくの？　ひょっとして、お預けのつもりかな？」

挑発的に腰を突き出され、甘く誘われれば俺ももう待ちきれない。

亀頭を膣口の方へずらすと、ずぶりと剛直を埋め込んだ。

「んはあっ……あぁ……よ、予想してたのより、大きいね、今日……んくっ、はああっ……」

ねっとりと膣壁が絡みつき、カレンが悩ましく吐息をこぼす。

「ね……もう、マンコびしょびしょに濡れてるから……気にしなくてもいいよ……ずぶっとやっちゃって……ずぶっと！」

「分かった……じゃあ……このまま……んんんん！」

カレンの望み通り、いきり立った肉棒をさらに奥へと突き入れ、ピストンを開始する。

「はぁっ……んっ、き、きたあぁ～～……勃起チンポっ……マンコに嵌まってるぅ……あっ……あああ……あぁっ……」

カレンは陶然とした表情で熱い息を何度も吐き出した。

「ああああっ……んくっ、いいよ……やっぱり……ピストン、最高にいいっ……！」

喘ぎながら、カレンはうっとりとした表情で顔を寄せてきた。赤い唇に、俺は自分のそれを近づけていく。

「んん……んむぅ……ちゅむむ……」

カレンの唇は柔らかくてしっとりとしていた。触れているだけで心がざわざわ震えてしまう。

「んぷあ……キス、上手いね……ずっとこうしていたくなっちゃうよ……ちゅぷ」

静かに唇を離すと、カレンは目を細めて表情を蕩けさせた。

その気持ちよさそうな表情に釣られて、自然に俺の腰も勢いを増していく。

「あんっ……硬いチンポが……出し入れされてるぅ……アタシのマンコ、擦ってる……あぁぁ～～……」

亀頭が奥の方へ埋没していく感覚に全身が震える。肉襞がカリの部分に絡みついてきて、ひくひくと収縮しているのが心地いい。

「こんなところで……外で、アタシ……マンコにチンポ入れられて喘いでる……そ、そう思うとっ……あぁっ！」

ここが外であるという状況に興奮しているのか、カレンは恍惚の表情で喘ぎ続ける。

「カレン、俺も……くっ……んんっ！」

繋がってる場所がジンジンと痺れ、俺は夢中で腰を振って、流れ込む快感を貪っていく。

「はっ、んっ、すごいね……立ったままセックスするとさ……いろんなこと体感できちゃう……なんか得した気分……」

「もっと……突いてもいい？」

「いいよ……中、もっとかき混ぜて……ぐちゃぐちゃにしちゃって……その方がやらしいから……」

ＯＫをもらい、俺はより深く体を密着させ、そのまま勢いよく腰を打ち付けていく。

「はぁっ、んぁっ、いーよっ……外ハメセックス……んっ、さ、最高っ♪」

「ああ……カレンのオマンコから音が聞こえてるよ……」

わざと音が響くように腰を突き上げて、肉壺の中をペニスで撹拌し続ける。

卑猥な音が結合部から聞こえてくることに気付くと、カレンは恥ずかしそうにぽっと頬を赤らめた。

「んぁ……マンコが硬いチンポでかき回されて……中、ぐちゃぐちゃいってるよ……や、やらしいっ……この音……」

「ああ……たまらない。くっ……カレン……俺、も、もうっ……」

気がつけば腰に広がる痺れがすぐそこまできていることに気づき、切羽詰まった声が漏れる。

「あはっ……いいよ……いっぱい出して！　アタシのマンコ、あんたの精液であふれさせてぇっ！」

俺の言葉にカレンは嬉しげに頷くと同時に、その膣壁が俺のモノを断続的にきつく締め上げ、奥へ奥へと吸い込もうとする。

「ううっ……カレンっ！」

「いいよっ、出してっ……佐野のザーメンっ……このままマンコにビュクビュク出してぇっ！」

上擦った嬌声にはもう逆らえない。絶頂の大波に身を委ね、俺はカレンの胎内に勢いよく精液を吐き出した。

「んうううっ！　す、すごいっ……チンポびくびくして……射精してるの、ちゃんとわかるぅ～～……！」

膣内がぐねぐねと蠢いて、俺の放った液体を奥へ奥へと吸い上げていく。

「あぁ……はあぁ……こんなにたくさん……んっ、ううっ……お腹の中、精液でいっぱいになってるよ……あぁぁ……」

勢い余った射精は、結合部から中に入りきらなかった白濁液が逆流し、溢れ出すほど。

「はひぃ……太腿、精液が伝い落ちてる……なんか、お漏らししてるみたい……あぁぁ……」

その恥ずかしい様さえも楽しむように、カレンはうっとりと呟き、なおもその蜜壺を蠢かせる。

「あぁん……熱い汁、いっぱいだね……ぐちゃぐちゃの音、聞いてるだけで……すっごい興奮する……んんぅぅ……」

「俺のだけじゃないよ……？　カレンの愛液だって、熱くて……オマンコの中で煮えたぎってるんだから……」

「アタシのマンコの中で、それが混ざり合ってると思うと……なんか、気持ちよくて頭がクラクラしちゃう……」

ギュッと体を抱きすくめながら、カレンはまだ欲しいとばかりに腰を突き出してくる。

「もっとクラクラさせてあげる……まだ……出るから！」

俺もそれに応えるべく、再び腰をめり込ませると、無我夢中でピストンをやり直した。

「あっ、あぁっ、もう、何されても感じるぅ……う、動かされても、動かされなくても……奥までチンポ入ってるだけで……んんぅあああっ！」

ぐっちゅぐっちゅと恥ずかしい音を響かせ、カレンはどうしようもないと首を振りながら乱れよがる。

「もっと……もっとして！　どうにでもしてよぉ……イキたい……イカせてぇ……佐野のチンポでアタシのこと、めちゃくちゃにイかせてよぉっ!!」

切々と叫びながら、蜜壺に入っているペニスを、痛いぐらいに締め上げてきた。それが引き金となり、俺の中で一気に射精欲が爆発する。

「ああっ……カレンのオマンコの中にもう一回出したいっ！」

「んっ、いいよっ、いっぱい……マンコの中、精液でドプドプにしちゃってぇ！」

「カレン……くぅっ！」

再び撃ち放った白濁液が、もう一度カレンの膣内に注ぎ込まれていく。

「あああぁっ、せーえき……奥に……はぁうぅんっ、子宮に届いてるぅ〜〜〜っ！」

ビクンと背すじを伸ばしながら、カレンは自らも絶頂に達し、目を閉じて中出しの感触に蕩けていく。

「あはぁっ、流れ込んでくる……んんっ、精液……すごい強さで噴き上がってくるから……あっ、ああっ、子宮が押し上げられてる感じで……んんんんっ！」

痙攣が止まらない。

二度、三度と絶頂に達する度に、ぎゅっとしがみつく力が強くなり——

「イくっ……イっちゃうよ……子宮、ザーメンまみれにされてイくっ……あああぁっ、いくうぅんっ！」

俺の射精を子宮まで吸い上げながら、カレンはもう一度、気持ちよさそうにびくびくと全身を震わせた。

「はぁ、はあっ……ああ……す、すごかったぁ……はぁ……はぁぁ……」

荒く喘ぎながら、カレンは絶頂の余韻に酔い痴れているようだ。

俺もまた、大きく息をついて肉棒をずるりとカレンの膣口から抜く。

「うう………」

ずっと片足で立っていたカレンが、ふらりとバランスを崩した。

「あっ、危ないよ……」

慌てて俺は両手でカレンの体を抱き締めて支える。

「はあっ……はあっ……さんきゅー……」

「大丈夫？　疲れただろ……ちょっと休んだら帰ろう」

「へーきだってぇ……テニスで鍛えてんだから、これぐらい……」

「テニスとセックスは全く別のもんだってば」

「……それもそーだね。あははは」

俺の腕の中で、カレンは白い歯を見せて楽しげに笑った。

＊　＊　＊

「はいっ！　やぁっ、たっ！」

テニスコートに、ゆかり先輩の気合の叫びが響き渡る。

（ゆかり先輩、今日は調子いいみたいだな……かなり張り切ってる感じだし……）

裏手でボールの片付けをこなしながら、俺はゆかり先輩の練習をちらりと眺める。

合宿も後半戦に入り、誰より伸びやかなプレーをするようになったのは、ゆかり先輩だ。

「おっと！　ゆかり……今日は、またっ……」

例によって相手をしているのは姉ちゃんだが、いつもと違い声の勢いもゆかり先輩の方が大きい。

いつもしぶとく守るプレーが身上のゆかり先輩にしては、珍しい光景だ。

(まだピークにはもう少しあるんだろうけど、やっぱり動きが生き生きしてる)

スカートの翻りぶりも結構大胆で、太ももがかなり眩しくチラチラするが、動揺も見られない。

未だ半信半疑ではあったけど、やっぱり勉強会の効果はあるのかもしれない。

(でも、これなら大会でもいい線行くんじゃないか？　そうなってくれたら、嬉しいよな……)

「せいっ、やぁっ！」

そして、強烈なスマッシュがコートの一番隅ギリギリを掠めてポイントとなる。

(凄いな、ゆかり先輩……よし、俺も……)

何となくその勢いに触発されて、俺も生き生きした動きでボールを次々と拾っていった。

「ふぅ……こんなもんかな」

練習が終わり、みんなが引き払った後も何となく高揚した気分が残った俺は、そのまま勢いで部室の掃除に勤しんでいた。

「うん、ピカピカになると気持ちいいな」

我ながら、勢いのぶつけ方が地味な気もするけど、これも性分。

何となく仕事をやり遂げた達成感に満足していると――

「あ……悠人くん……お、お疲れ様」

「あれ……？　ゆかり先輩お疲れ様です。まだ着替えてなかったんですか？」

ふと部室に入ってきたゆかり先輩は、まだテニスウェア姿のままだった。

「え、えぇ。その……ちょっと。あ……そういえば、何だか部室がスッキリしてるわね」

「あ、はい。気分が乗ったんで、ちょっと片付けしたんです」

「一人でしたの？　何だか悪いわ、みんなで使ってる場所なのに」

「や、俺が好きでしたことですから気にしないで下さい。今日のゆかり先輩の練習見てたら、何か触発されちゃって」

「え……わ、私の？」

思いもよらぬことだったのか、ゆかり先輩はきょとんと聞き返した。

「はい。何か、今日はいつもより気合が入ってたっていうか、攻めの姿勢がすごく出てたなって」

「攻めの姿勢……」

「だから、俺も何か積極的にしなきゃなって……それが掃除ってのは、ちょっと変かも知れませんけど、ははっ」

おどけて言う俺だったが、何故かゆかり先輩は考え込むようにじっと俯く。

「そう……そうよね……積極的……そういうことよね」

「えっと……お、俺、何か変なこと言いました？」

難しい顔をしていた先輩は、ずいっと俺に迫ってくる。

「悠人くんっ！」

「は、はいっ⁉」

「あ……あのねっ、実はその……お願いがあって、また練習に付き合ってもらえないかしら！」

ぎゅっと俺の手を握り、そのまま逃すまいと体を密着させる。

「れ、練習ですか？」

「その、今日掴んだ感じを忘れたくないっていうか、攻めの姿勢をモノにしたいの！」

ぐっと迫ってくるゆかり先輩は確かにいつになく積極的で、真剣そのもの。

「え、えぇ。もちろん、俺でよければ幾らでもお付き合いしますけど」

「あ……本当に？　ありがとう悠人くん！」

「わぷっ！」

喜びを弾けさせ、ぎゅっとゆかり先輩が俺に抱きつく。

何だか、本当に今日の先輩は少しテンションが高いかも……。

「あの……それじゃ、早速……失礼するわね？」

「えっ、あっ……！」

言うが早いか、するりと勢いよくズボンを下ろされ、そのままゆかり先輩は迷いなく肉棒を握り締めてくる。

「ゆかり先輩……れ、練習は……？」

「だから……その、積極的な攻めの姿勢を見せていかないといけないでしょう？」

「いや、それはテニスの話であって、それとこれとは……うぅっ⁉」

「あ……あぁ、どんどん大きくなっていく……こんな風に反り返っていくのね……」

既に妙なスイッチが入ってしまったのか、ゆかり先輩はすっかり俺の肉棒に魅入られて、柔らかく竿を手で扱く。

しなやかな指先の感触は言うまでもなく気持ちよく、すぐに肉棒は血管を浮かせ、勃起を大きくさせていく。

「んっ……すぅっ……あぁ、オ、オチンチンの匂い……はぁぁぁっ……」

「ゆかり先輩……うぅ、そ、そんな匂いなんて……」

まだシャワーも浴びていない股間の匂いを思い切り嗅がれ、体がカッと熱くなる。

「すごい……ドクドク脈打ってる……今、してあげるわ……れろぉ……」

「うっ……」

唾液混じりの舌が、迷いなく亀頭にねっとりと押し付けられ、ビクリと腰が浮きかける。

「れろ、んりゅ……れろ、れろぉ……んんっ、れら……れる、んれろろぉ……」

まるでソフトクリームを舐めるような仕草で、何度も何度も舌が亀頭をくすぐっていく。

たっぷりと唾液が染み渡り、まぶされた先端は瞬く間にぬめりでテラテラと光り始めた。

「れろ……どうかしら、悠人くん……気持ちいい？」

「は、はい、それはもう……」

すっかり状況に流される格好だったが、俺は素直に頷いてその快感を享受する。

「よかった……んっ、待ってて、もっと積極的にしていくから……」

使命感のように呟くと、ゆかり先輩はさらに口を大きく開け、そのまま肉棒を一気に頬張っていく。

「あむ……んむぅ、はもぉ……んんん……」

「う……ぉっ。ゆかり先輩……くぅっ」

「んっ、あぁ……やっぱり大きい……悠人くんのオチンチン……んりゅ、くぷっ……」

うっとりとした声音のまま、いっそう大胆に唇が皮のくびれを扱き立ててくる。

「こうひて……んっふ、じゅっぷ、じゅぷんっ……挟んで、動かひて……あむ、んりゅぅ……」

「あぁ……せ、先輩、そんな……奥まで、うぅっ」

「らって……積極的にする時は……んんっ、喉で……味わうんれひょう？　ん、んりゅ……りゅぷぅ……」

一体どこの情報を真に受けてそうなったのか、ゆかり先輩は大真面目な表情で言いながらフェラチオを続ける。

しかし情報の出元はともかく、今まで以上に大胆に頬張られた肉棒には、口内の濡れた粘膜が纏わりつき、極上の快感を生み出していた。

「んふぅ……こんなに太いのが私の中を……んじゅっ、りゅぷ……」

挿入された時のことを思い出しているのか、ゆかり先輩がとろんとした目でそう呟く。

蕩けた表情で見つめられながらのフェラは、じわじわと腰に痺れをもたらして、自然と呻きを上げさせる。

「オチンチン感じてるのね……んふ、可愛い……もっともっと気持ちよくなって」

淫らに頬を窪めながら、無我夢中で先端を吸い上げられて。

「せ、先輩……うぅっ、俺……も、もう……！」

「射精するの？　んっ、大丈夫よ……顔でも、口でも、どこでもいいから……遠慮しないで出して……じゅぱっ」

限界を訴える俺に、さらに魅惑の言葉を紡ぐゆかり先輩。

「な、なら……先輩の口にっ……！」

欲望をさらけ出し上擦った声でそう叫ぶと、またとろんとゆかり先輩の表情が蕩けた。

「私も……飲みたいわっ、んじゅっ、悠人くんの熱い精液……」

もごもごと肉棒を咥えながら、早く出せと催促するような激しいディープスロート。

「いっぱい出して……じゅるるっ、わらひにっ、精液……飲まへてぇっ……！」

あっという間に腰のムズムズが強くなり、一気に限界へとせり上がる。

「出しますっ……ゆかり先輩……飲んで下さいっ、うぅっ！」

「んんっ！　んむぅっ、んぐっ……んんんんんっ！」

ビュクンと精液が迸り、遠慮なしにゆかり先輩の喉を潤していく。

その勢いに少し圧倒されつつも、ゆかり先輩は、負けじと喉を鳴らして精液を飲んでいく。

「んっく……んくんっ……は、ふぁっ……」

最後は一息に精液を嚥下し、口元に溢れたぶんをぐっと拭いながら、ゆかり先輩はうっとりと息を吐いた。

「はぁ……やっぱり……積極的になると、感じ方も違うのね……」

「そ、そうかも……ですね」

ゆかり先輩の本気を垣間見て、俺は少し気圧されつつも頷く。

「でも、まだこんなに元気……んっ、それじゃ今度は……」

まだまだこれで終わらせるつもりは毛頭ない。そう言わんばかりに、ゆかり先輩は思い切りよくウェアの肩紐をずらしていく。

「ゆかり先輩……」

「あ、あんまり見られると……あっ、ううん、ダメよね、ちゃんと見てもらわないと……」

こぼれ出た乳首を一瞬隠しつつも、すぐに手をどけ、今度はそのままおっぱいを肉棒に挟ませる。

「うっ……あぁ、先輩の熱い……」

むにゅっと、柔らかい膨らみに肉棒を挟まれ、思わず自然に声が出る。

「ふふ……悠人くんのオチンチンこそ……前よりずっと熱を持って、ビクビクしてるわ……」

谷間に感じる震えにそう言いながら、ゆったりしたリズムでおっぱいが優しく上下動を開始した。

「一回出したから、滑りやすくなってるわ……んっ」

溢れた精液のぬるりとした感触をうまく滑らせながら、やはり積極的に胸が動く。

「んっ、そ、そうだわ……こうして、先の……硬い所を……」

「うっ⁉　先輩の乳首が……」

「あ……い、嫌だった？　あの……刺激が強くなるかもって思って……」

「や、気持ちいいですっ。嫌だなんてそんなことは全然っ……！」

ぎゅっと押し付けられたポッチの感触は、そうと意識するほどドキドキして気持ちいい。

充血して育った粒が、むにゅっと目の前でひしゃげる光景も生々しくていやらしい。

「よかった……喜んでくれるのなら、私……もっと頑張るから……んっ、ふっ」

さらにゆかり先輩のおっぱいが大胆に動いていく。

乳首をカリ首に這わせながら、皮を何度も捲り返して、くちゅんと音をさせ続ける。

「は……んっ、んんっ、あぁ……オチンチン……ん……れろ……」

興奮のまま続けて舌も動員され、亀頭がぬるりと舐め回される。

ぴちゃぴちゃと唾液の音をさせながら、やがて満遍なく亀頭が湿ると、動きはさらに次の段階へ。

「今度は……は……んむ、はもぉぉ……んっ……」

再び肉棒が口内の温かい場所に戻り、体が甘い痺れに包まれる。

だが、今度は根元の部分にもしっかりとおっぱいが食い込み、快感はより強い。

「んふっ、じゅぷっ、ちゅぷっ、りゅぷっ、んむんっ！」

亀頭の所は舌が大胆に動きまくり、竿の根元ではリズミカルなパイズリ責め。

次々と繋がる快感の連鎖に、射精して間もない肉棒が早くも次の限界を訴えてくる。

「ゆかり先輩、またヤバいです……もう我慢できないかもっ……！」

「んっ、いいのよ……どんな時でも遠慮しないで……いっぱいびゅるって……精液出して……」

全てを受け止めてくれるゆかり先輩の言葉に、いよいよジンジンと痺れが止まらない。

「なら、今度は顔に出したいですっ……先輩の顔をべとべとにっ……！」

快感に煽られる形で、俺は思わず生々しい欲望をそのまま口にする。

「あぁ……私の顔を精液で……そんなことしたいのね悠人くん……いいわ、出して……顔にかけてぇっ！」

上気した表情で、さらにパイズリの勢いを強めながらゆかり先輩が求めてくる。

「あぁっ……ぐっ、出ますっ……ゆかり先輩っ、くぅっ！」

「んぁんっ！　あぁっ……熱いの……ま、またっ！　ん……はぷっ！」

そして、一発目から全く勢いの衰えない射精が、無遠慮にゆかり先輩の顔に降り注ぐ。

「すごい量……粘っこいのがお肌に絡んで……こんなに濃いまま……本当に逞しいのね……ちゅぱぁ……」

へばりつく精液の触感を指先で楽しみながら、ゆかり先輩はすっかり蕩けた顔で粘りを口元へ運んでいく。

ようやく射精が落ち着く頃には、その表情はすっかりと興奮に染まり切っていた。

「は……ふ……でも、んっ……やっぱりすごい……」

一旦体が離れたものの、俺の勃起はゆかり先輩の媚態を前に、全く衰える気配もなかった。

「悠人くん……まだ、大丈夫よね？」

「え……えーと、は、はい」

何が——ということは敢えて聞かず、俺は自分の体に正直なまま頷いた。

「私も……もう、全然我慢できないみたいなの……体がじくじく疼いちゃって……」

しっとりと潤んだ声音で言いながら、ゆかり先輩は俺の目の前でもどかしげにショーツを下ろしていく。

（そんな脱いでる途中のところまで見せてくれるなんて……よっぽどテンパってるのかな……）

思わずスカート近くを凝視していると、ゆかり先輩はその視線に気づいてそっと前を隠そうとした……が。

「ダ、ダメよ……これも特訓のうちなんだから……積極的……積極的……」

呪文のように呟くと、逆に思い切りスカートをたくし上げ、そのまま俺の上にのしかかっていく。

「う、あっ……先輩……そ、そんないきなり……！」

騎乗位になり、ぐっと腰を落としていくゆかり先輩に、思わず俺の口から狼狽の声が出る。

「んんっ……いきなりじゃ、ないわ……ずっとオマンコ待っていたの……あん！」

ぺたんと腰を落としきり、ゆかり先輩は突き刺さる肉棒の感触に深いため息をついた。

「悠人くんのオチンチン、舐めたりパイズリしてるうちに……ずっと欲しくなって……んっ、はぁっ……」

確かに、先輩の秘唇は何の前戯もいらないほどに熟しきり、にちゃっと滑った音をさせている。

赤みを増した表情は、恥ずかしさか、発情によるものか、俺にもよく分からない。

「今日は、私が全部するから……悠人くんはじっとしてていいから……んっ！」

そう言うと、ゆかり先輩は俺のお腹を支えにして、ゆっくりと体を上下させ始める。

「あっ……ふ、太いっ……あぁ、ま、またこの感じ……くるぅ♪」

ずちゅ、ずちゅと、小さく愛液をしぶかせて、ゆかり先輩の腰が妖しくくねる。

ついこの間まで処女だったとは思えない、まさしくビッチの片鱗もあらわに、なおもゆかり先輩は止まらない。

「そ、そうだわ……キス……んっ、悠人くん……キスしましょう……んんっ！」

「あ……んむっ、先輩……んれりゅ……」

「あむ……んんっ、れろ……んちゅ……んんっ、ふ……んりゅ……れりゅ……」

マウントポジションでひとしきり舌を絡ませると、さらに結合部のぬめりは増していく。

「あぁ……全身、ジンジン痺れてきちゃう……今、動いたらきっと……あっ、んんっ、くぅん！」

興奮が抑えきれないとばかりに自らのおっぱいを揉みしだきながら、ゆかり先輩の抽送が勢いを増していく。

「こ、こうして……リズミカルにっ、んんっ、オチンチン感じるの……あっ、あぁっ、すごく……いいっ！」

ぐっと足が大きく開かれ、割れ目の奥に肉棒が食べられていく。

「んんんっ……ゆ、ゆっくり抜いて……あぁ、ひだが擦れるぅ……」

そんな切なげな呟きを聞きながら、少しずつ肉棒がまた顔を覗かせ——

「うぅんっ！　ま……またっ、奥ぅ……！　あぁっ、硬いのっ、当たるぅ！」

一気に根元まで肉棒を咥えなおして、ぷるんと豊かなおっぱいが間近で震える。

視覚的にもインパクト抜群の光景を前に、勃起はさらにギンギンに漲っていく。

「はっ、ひっ、あひんっ！　オ、オマンコ……蕩けて……おかしくなるのぉ！」

あられもなく乱れよがるゆかり先輩を前に、おかしくなるのはこっちの方だった。

まさか、ここまで先輩が乱れてエッチになっていくなんて……予想外だけに、俺の方もいっそう興奮してしまう。

「んぁっ！　い、いまオチンチンが……ビクって……」

「す、すみません……ゆかり先輩のが気持ちよくて、自然に……んっ！」

「んっ！　ま、また……あ……感じてくれてるのね……？」

少し嬉しそうに言いながら、ゆかり先輩はより大胆に腰を前に突き出すように動いてくる。

「そうだわ……んっ、この攻める気持ちを大事に……あぁっ、んっ、で、でも……感じすぎて……んぁっ！」

積極的に腰を振りながらも、広がる快感にゆかり先輩も余裕がなくなってくる。

「んっ、あっ……はっ、あぁ……イク……あぁ、悠人くんは……はっ、んぁ！」

「お、俺も……すぐですっ……でも、このままだと……んんっ！」

「はっ、んくっ、い、いいのっ！　中にっ……きてっ、んぁぁっ！」

高揚した気分に包まれ、乱れた声がさらに上擦っていく。

俺ももう我慢が利かない。せり上がる感覚のまま、ゆかり先輩の中に全てを解き放つ。

「くっ……！　ゆかり先輩っ……うぅぅっ！」

「んぁぁぁぁぁっ！　あ……出てる……熱いの、中に……びゅくびゅくきてる……！」

「あぁぁ、いっぱい……とろっとしてるの……んはぁぁ……」

相変わらずの勢いで放たれた濁流に、ゆかり先輩の体がビクビクと震え、弾みで膣肉がきゅんと収縮する。

「う……くぅっ……ゆかり先輩……まだ、出ます……んっ！」

「あ……んんっ、入ってくるの……あぁ……悠人くんの元気なのが……あぁぁぁ……」

溢れる精液がゆかり先輩の絶頂した体に染み込み、口元がだらしなく開かれる。

「はふ……んんっ、あぁ……体……まだイッてる……ふわふわしたままなのぉ……」

陶然と呟きながら、ゆるゆると体がすぐに動き出す。

「んんっ……ゆかり先輩、ま、また……」

「あ……うくっ……ごめんなさい、でも……止まらないのっ、はっ、んんっ、あふぁっ……」

ぐりぐりと腰を回転させ、結合部から出たばかりの精液を溢れさせながら、ゆかり先輩が切なげに喘ぐ。

「まだ……もっと、んっ、オチンチン欲しいのっ、はっ、んくっ、あっ、あぁぁんっ！」

再び自分のおっぱいを握り込みながら、溢れる感情を堪えきれないとばかりに、半裸の体をくねらせる。

「うぅっ、先輩がその気なら……俺もっ」

「んぁんっ⁉」

ずっと受け身でゆかり先輩に任せていたが、募る疼きを抑えられないのは俺も同じ。

ぐっと熱くなった腰に力を込めると、そのまま下から一気に突き上げていく。

「あっ、そんなっ！　今日は……わ、私が……してあげるのにっ、くぅんっ！」

「反撃も……ちゃんと受け止めてこその……特訓ですよっ、ふっ！」

「あふっ、んんっ……そ、そうだわ……特訓……どんな時でも、ちゃんと前に出ていかないと……んっ」

俺の言葉を大まじめに受け取ると、ゆかり先輩は再び腰を落として、ピストンをシンクロさせることに没頭する。

「あっ、あぁっ！　い、一緒に動くの……すごいっ、あぁっ、オチンチン当たって、あふっ、やっ、こ、この音ぉ！」

ぐちゅんと弾ける水音に恥じ入りつつも、火の着いた体はもう全く止まらない。

「んっ、ふっ、んぅんっ！　あぁ……熱いっ、オマンコ熱いのっ、はひっ、あぁっ、ダメッ、こんなのもう我慢できなっ、んぁ！」

切羽詰まった叫びが最後まで口にされるより早く、ゆかり先輩の体がビクンと仰け反り、キュンと秘唇が強く締まる。

「ひっ……あっ、いっ、わ、わらひっ、イッて……あぁぁっ！」

ブルっと全身を震わせ、膣奥からじゅわりと新しい蜜を漏らし、絶頂を極めていくゆかり先輩。

「うぅっ、せ、先輩……俺もっ、あぁっ！」

すっかりと膣襞に癒着した俺の肉棒は、そんなゆかり先輩の収縮の前にひとたまりもなかった。

「ふぁぁぁぁぁっ！　あぁっ……で、出てる……また、熱いの……ビュルって出されてるぅ……！」

びゅくびゅくと新たに注がれる白濁を、ゆかり先輩はぺたんとしゃがみ込んだまま膣奥に受け止める。

「は……ふんっ、はひ……あぁ、こ、こんなのぉ、我慢なんかぁ……♪」

子宮を貫かんばかりの勢いに、その表情はだらしなく蕩け、すっかりと放心状態。

「ふぁぁ……お腹のなか……また……すご……んぁぁ……」

「先輩……うぅ……まだ出ます……んっ……」

快感にひくひくと秘唇が痙攣し、なおも俺の肉棒に射精を促す。

もちろん、その快美な誘いに逆らえる筈もなく、俺はゆかり先輩の胎内にひたすら精液を注ぎ込んでいく。

「は……あっ……んんんっ……こんなの赤ちゃん……できちゃう……ふぁぁ……」

呆けた表情で呟き、そっとお腹を撫でるゆかり先輩。

それは、まるで妊娠を望むかのような……そんな恍惚の表情に見えた。

行為が終わり、体が離れると、いつものように二人で色々と後始末する。

てきぱきと動いていると、事後の気恥ずかしさが少しだけ紛れてくれるのだ。

「ふぅ……これで、また何か掴めたような気がしますわ」

相応の手ごたえはあったのか、ゆかり先輩はツヤツヤした顔でそう呟く。

何だか勢い任せに盛ってしまった気もするけど、ゆかり先輩が何かを掴んでくれたのなら、それは嬉しいことに違いない。

「やはり、積極性というのは大事なのですね……ふふっ……これからも……ふふふふ……」

「……先輩？」

「はっ……!?　い、いえっ、違うの、べつに何でも！」

また何か妄想の世界に飛び出しかけたゆかり先輩が、慌てて現実に戻ってくる。

「あの……本当にありがとう。私……無理なお願いばっかりしてるのに……最後まで付き合ってくれて……悠人くんの為にも……大会、頑張るから……」

「……先輩。はい、先輩ならきっと大丈夫です。期待しています」

「ふふっ……ありがとう」

優しい微笑みに、何だか少し顔が熱くなる。

（でも……何だかどんどん先輩がエッチになってるような……）

物凄い勢いで色々なことを吸収しているゆかり先輩がこの先どうなっていくのか……。

楽しみなような、怖いような、複雑な気分になる俺だった。

＊　＊　＊

「はいっ！」

ゆかり先輩の目覚ましい成長から一日。されっ放しでいるありか姉ちゃんではなかった。

気合のこもった声とともに、鋭いサーブがコートへと突き刺さる。

（うーん……姉ちゃんも気合入ってきたなぁ……）

始動の速さは、体がよく動けている何よりの証左だ。

いよいよ大会も目前に迫り、ここまでの調整は本当に順調にきていると言っていい。

姉ちゃんとゆかり先輩にとっては学園最後の集大成の場になる筈だ。

（でも、この動き……頼もしいよな……よく動いて……えぇと……色々揺れて）

以前にも増して勢いのついた動きは、当然のように目の前の胸の谷間もよく揺らす。

右に左に、それでなくても露出の増した練習着から、それこそこぼれそうな迫力に、知らず知らずに目が向かう。

（………や、やば）

一瞬、ちらりと姉ちゃんと目が合って、俺は慌てて視線を逸らした。

見られていることは間違いなく意識しただろう。それも、どこを見ていたかまで、一目瞭然。

「やぁっ……!」

しかし、それでも姉ちゃんの動きに緩みは見えない。

以前なら視線を意識して相当ぎくしゃくしていただろう動きも、殆ど問題はなさそうだ。

(姉ちゃん……頑張ってるな……)

何だか、変にムラムラしている自分が逆に恥ずかしくなってきた。

(俺は俺の仕事をしなくちゃ……)

気合を入れ直し、俺は改めて目の前の仕事に没頭した。


「お疲れ様~」

休憩時間になり、部員の面々にタオルを渡すと、俺はコートの隅に散らばったボールを片付けていく。

「ちょっと、悠人」

「ん?」

振り返ると、一人みんなから離れ姉ちゃんが近づいてくる。

「姉ちゃん……何?」

「……話があるから、ついてきなさい」

ちらりと周囲を見渡しつつ、姉ちゃんはそっと俺に耳打ちする。

「え……話って、今？　あの……この片付け終わってからでも？」

「そんなもん、後でいいわ。どっちが最優先かくらい分かるでしょ？」

「えっ、わっ……ちょ、ちょっ！」

結局、俺は強引に体を引かれ、そのままフェンス裏へと連れ込まれた。

「あの……それで、話っていうのは……？」

正に校舎裏へ連れ込まれてカツアゲでもされそうな雰囲気の中、俺はおずおずと尋ねた。

「アンタ……練習中、ずっとあたしの方見てたでしょ？」

「それは……は、はい」

あれだけ目が合った状態では、しらばっくれるわけにもいかず、正直に頷く。

「相当エッチな目で見てたわよね？　どうなの？」

「エ、エッチかって言われると……それは、ほら羞恥心の克服とか言ってたし……見とかないとみたいな」

「………………」

「ご、ごめんなさい」

難しい顔をしたままの姉ちゃんに、結局言いわけを諦め、謝ってしまう。

だが、姉ちゃんは俺の謝罪には構わず、思わぬことを口にした。

「で……ムラムラした？」

「は？」

「だ、だからっ、エッチな目で見てたんでしょ！　ムラムラしたかって聞いてんの！」

「あ……そ、そりゃあまあ、カッコがカッコだし、動いたら揺れるし……ムラムラするよ……」

　ぐっと迫られて、俺は反射的にそう答える。

「そう、じゃあアンタも準備ＯＫってことでいいわよね？」

「準備……って、ちょっと！　な、何してんの⁉」

　すっとしゃがみ込んでズボンを下ろそうとする姉ちゃんに、慌てて俺は裾を掴む。

「ナニよ、ムラムラしたんでしょ？　だから、何とかしてやろうって言ってんの」

「い、いや、マズいって。向こうにまだみんないるんだろ？」

「少しくらい大丈夫よ。っていうか、アンタが股間膨らませてエッチな目で見るから、こっちもムラムラしてんのよ！」

「えっ？　あ……なっ、それは……」

「このままじゃ、あたしも練習になんないでしょ。いいから責任取りなさい！」

　強引に押し切り、姉ちゃんはそのまま一気に俺のズボンとパンツを下ろしてしまった。

「うわ……ほ、ほら見なさいよ、何だかんだ言って、もうこんなにさせてるじゃない」

「それは……う、くっ……」

　露出させられると同時に、優しく指でさすられてむくむくと肉棒が育つ。

間近に見える胸の谷間の迫力が、余計に興奮を助長させていく。

「ビクビクさせちゃって……どれだけエッチなら気が済むのよ……」

ちょっとの手コキで、竿はあっという間にピンとそそり立ってしまっていた。

「ね、姉ちゃんとした時のこと思い出したら……自然にこうなっちゃうんだって……」

気持ちよさに為すがままになりながら、俺は半ば諦めの境地でそう呟く。

「ふぅん……そっか、あたしとのことを思い出してねぇ」

それは存外に嬉しいことだったのか、姉ちゃんは上機嫌のまま熱心にペニスを扱く。

「う……ぁ……」

野外、すぐ近くにはみんなもいるだろう場所で、大事な場所を刺激され、堪らず小さな呻きが漏れる。

「おっと……まだ、出すのは早いわよ？　ちゃんとしたげるから、待ってなさい……」

「あ……姉ちゃん……」

顔を赤らめつつも、思い切って肩紐が一気に捲られ、ボリュームたっぷりのおっぱいに肉棒が挟まれる。

「んっ、アツアツね……あたしのおっぱいでシてあげるんだから、ありがたく思いなさい？」

そのままぎゅっと肉棒を挟み込み、姉ちゃんはゆっくりとおっぱいを扱き始めた。

「んっ、んっ……んんっ……んっ、んっ……」

抜群の弾力が、きつく押し付けられては、ずりずりと緩く擦られる。

緩急のついた動きとともに、目の前の膨らみがいやらしくひしゃげ、視覚的にも快感が体を支配する。

「ん……ぁ……姉ちゃん、う、上手くなってる?」

「ふふん、さー、どうかしらね。まあ、中々いい声出すじゃない?」

声を上擦らせる俺に、少し得意げな表情で微笑む姉ちゃん。

「まだまだ、こんなもんじゃないわよ……。せいぜい我慢してみたらどう?」

挑発的に言いながら、さらに勢いをつけておっぱいが上へ下へと大胆に動く。

おっぱいだけじゃない、全身を大きく使ってのパイズリを、姉ちゃんはまるでトレーニングするかのように一定のリズムで繰り返す。

「んっ、ふっ、ほぅら、ピクピクさせちゃって……オチンチンは、生意気なアンタよりずっと素直でいい子よねぇ」

亀頭に話しかけるように言いながら、姉ちゃんはさらに顔を近づける。

「姉ちゃん……んっ、な、何を……?」

「ふふっ、暴れないでじっとしてなさい……んれろ……」

「くっ⁉」

れろんと湿った先端が亀頭をくすぐり、俺は思わず腰を突き出す。

「んんっ！　こーら、暴れるなって言ったでしょ?」

「ご、ごめん……って、無理だよそんな……んくぅっ……」

「ちょっと先っぽ舐められたくらいで、ビクビクさせちゃって……そんなにオチンチン、気持ちいいの？」

ぎゅっと肉棒を挟んだまま、チロチロとごく控えめに舌が這い回る。

それは、決しておっかなびっくりだからというわけじゃない。

「ん……ぺろ……れろ、ふふ……ぴくぴくさせちゃって。情けない声出してるんじゃないわよ？」

自分が俺の呻きを引き出しているのが楽しくてたまらないとばかりに、姉ちゃんはねっとりと舌を押し付ける。

たっぷりと唾液を集め、丁寧に塗り込める動きに、どうしても肉棒は期待をするばかり。

「く……ぅ……」

だが――

「ふふっ……ちょっとお預け。根元だけ、少ししたげる……」

「そんな……っく……」

もう少し強い刺激が欲しい……そう思ったところで、意地悪く舌が離れ、代わりにじわじわと睾丸部分が優しくマッサージされていく。

「あ……あぁ……」

決して火が絶やされることはなく、しかし、大きく揺らめきもしない焦らし具合。

ムズムズとした痺れがもどかしく体を疼かせ、俺はちらりと落ち着きなく姉ちゃんのご機嫌を窺う。

「どうしたの？　何か言いたそうじゃない」

「ね、姉ちゃん……た、頼むよ……もっと強く……焦らさないでくれ……」

「んちゅ……なぁに、そんなに我慢できなくなっちゃってるワケ？　アンタもつくづくスケベよねぇ」

「だって……こんな風にされりゃ誰だって……うぅっ……」

「どうして欲しいのか、ちゃんと言ってみなさい。そしたら、考えてあげなくもないわ」

合宿前にはペニスを見ただけで硬直していた姉ちゃんが、今やその扱い方を覚え、甘い囁きで俺をコントロールする。

「言えないの？　じゃあ、このままやめても……」

「いや、い、言うよ……姉ちゃん、俺のチンポ……もっと強く舐めて欲しい……」

「ふぅーん、それってあたしにフェラしろってこと？」

「う、うん……その舌だけでも、もっと強くしてくれたら……」

直接頼む恥ずかしさに体を熱くさせつつも、俺は余裕なく何度も頷く。

「仕方ないわね……本当にしょうのない弟なんだから……」

少しわざとらしいほどに肩をすくめてみせると、姉ちゃんはそのまま一気に顔を下ろした。

「んふぅ……光栄に思いなさい……あたしが、こんなにしてあげてるんだから……れろ、んりゅ……じゅぷ……んちゅぅ……」

もごもごと口の中に頬張りながら、姉ちゃんの舌が改めて亀頭からくびれまでを満遍なく這いまわる。

ちょうど顔を覗かせていた部分が口内に、そして根っこの部分はおっぱいの中に。

見た目にはすっかり埋もれた場所から、じわじわと新たな快感が押し寄せる。

「んぢゅっ……じゅぷぷっ、少ししょっぱいわね……アンタのオチンチン、んりゅ……れろ……ちゅぷ……」

「そ、そう？」

「それにちょっと汗臭い……んんっ、ヌルヌルになってるじゃない……」

「そ、そりゃ……この暑さで、体動かしてりゃ……大体姉ちゃんだって……」

そんな風に言う姉ちゃん自身、既におっぱいにたっぷりの汗をかき、パイズリの滑りをよくするのに貢献してしまってる。

「あたしはいいのよ……んっ、選手なんだから……ま、悠人の汗の匂いも嫌いじゃないけど……じゅぷ、ちゅぱ……」

そして、姉ちゃんはそんな汗を気にすることもなく、いっそう熱を込めてパイズリフェラに没頭する。

「んじゅぷっ、ちゅぷ……りゅぱっ、じゅるるっ、んじゅっ……んぁ……すごいドキドキするわ……この感じ……んりゅっ」

目の前ではピンと尖った乳首が、ふるふるとはしたなく揺れ、時折お腹の近くをくすぐるのがまたたまらない。

「うっ……あぁっ、や、ヤバい……姉ちゃん、もう……」

気がつけば、内側から一気にこみ上げてくる感覚に、ガクガクと小さく腰が震える。

「れろ……んりゅ、出そうなのね……？　なら、我慢なんかしてないで……さっさと出しなさい……」

俺の限界を見て取り、いっそう激しく亀頭に吸いついてくる姉ちゃん。

「ほら……らしなさいっ、じゅるっ、あらしの口に……このまま、んちゅぅぅっ！」

最後はぐぽぐぽと下品な音を響かせながら、激しく唇を窄めての熱いバキューム。

「うぁぁっ……で、出るっ！」

最後は小さく叫ぶと、俺はそのままグッと腰を突き出し、姉ちゃんの口内に射精した。

「んんんんっ⁉　んんっ、んふぅぅっ！」

決壊した後はもう止まらない。遠慮なく迸る精液の勢いに、姉ちゃんの目が驚きに見開かれる。

「ふぶっ、んんんっ、ふごっ……いきおい……んんっ、んっく、んりゅ……」

飲みきれない精液が口元からこぼれるが、その溢れは最小限に留め、姉ちゃんは小さく喉を鳴らして精液を飲み下す。

途中、少し持て余し気味にしながらも、吐き出してしまうことはなく、姉ちゃんは俺の射精を最後まで飲みきった。

「んぐっ、はふぅ……うぅ、やっぱりあんま美味しいもんじゃないわね……」

れろっと舌を出して、新鮮な空気を求めながら軽く顔をしかめる姉ちゃん。

「ん……でも、オチンチンの味は悪くないかもね……ほんのり塩味がして、食べちゃえるかも……」

「い、いや、それは勘弁して……」

「ふふ……じょーだんよ。でも、まだアンタのオチンチンは欲しがってるみたいね？」

まだむにむにと、肉棒におっぱいを擦りつけながら姉ちゃんは赤らんだ顔を近づける。

「てことで、今度はアタシもしっかりよくしなさい。ほら、そこに寝る！」

「え……ここにって、こ、ここでするの？」

物陰とはいえ外、しかもみんなそれほど遠くない所にまだ残ってるのに。

「いいからっ……アタシも待ちきれなくなってるんだから、大人しくなさいっ」

すっかり発情しきった表情で、姉ちゃんはそのまま俺を押し倒し、一気にその上に跨ってきた。

「んぁっ……は、あぁぁぁぁっ、あぁぁんっ！」

既にぬかるんでいた膣道が、ぐっと押し開かれていく。

「ね、姉ちゃん……声、声！」

「あっ……んんっ、くぅ……んふっ……」

思わず漏れた叫びに、さすがに口元を押さえつつ、そのままゆっくりながらも挿入が果たされる。

「くぅぅ……あぁ、ま、まだ少しキツい……う……くぅっ……」

滑り具合は悪くなかったが、やはり押し返すような抵抗とともに、姉ちゃんの表情が僅かに歪む。

「大丈夫……？　姉ちゃん……かなり窮屈そうだけど……」

「んっ……ま、まぁね……アンタが節操なく勃起するから……ちょっとキツいけど……前よりは痛くないわ……」

強がっている部分はあるだろうけど、しっかりと根元まで肉棒を咥えた状態で、軽い笑みさえ見せる姉ちゃんにホッとする。

ヒクヒクと入り口が締まり、密着した部分から漏れる快感はじっとしてるだけでも心地いい。

「と、とりあえず……動くわよ？　んっ、はっ……」

やがて、胎内に肉棒が馴染んでくると、姉ちゃんの腰が優しく上下動を始めた。

「あぁ、熱くて……硬い……うぅ、悠人のオチンチン……大きい……」

まだ少し痛みを警戒しながらのぎこちない腰使い。

それでも、トロトロになった膣道の表面が擦れる度に新たな蜜を分泌させ、甘い快感をもたらしてくる。

「姉ちゃん……俺も感じさせてあげるから……」

「ひあっ？　あ……っ、な、ナニよ……急に……あっ……」

俺はぷるんとぶら下がる柔らかな膨らみに手を伸ばし、むにゅむにゅと存分に揉みしだく。

「はっ、んぁっ……ホントにアンタは……おっぱいばっかり見てると思ったら……また、そんなトコ……あぅっ」

呆れたように言いつつも、姉ちゃんは俺のされるに任せ、そのまま腰を振り続ける。

「んっ、はっ、あぁ……擦れてる……オチンチンにオマンコ……グリって、はぁぅ……」

緩やかなリズムが快感とともに少しずつテンポアップして、勢いを増していく。

「乳首……しこってるよ、姉ちゃん……ほら、こんな……」

「ひゃうっ！　わ、分かってるわよ、そんなのっ……すぐ調子に乗ってアンタはっ……」

「ごめん、でも……姉ちゃんにも気持ちよくなって欲しいから。俺だけじゃなくて一緒に……」

「……っ、な、ナニを急にそんな真顔で……んっ、心配しないでも……ちゃんと、き、気持ちよくなってるから……」

俺の言葉にいっそう顔を赤くさせつつも、姉ちゃんはおっぱいへの愛撫を受け入れてくれる。

「あぁ……んっ、ふっ……はっ、あぁっ、すごい……グリって突き上げ、られてっ……んぅっ、も……もうっ」

「姉ちゃん……イキそう？　俺も、そろそろだから……」

「んっ、じゃ、じゃあ先にイキなさいっ……ちゃんと、面倒見てあげるからっ、んっ、くっ……」

絶頂が近いことを告げると、何故か妙な張り切りを見せつつ、姉ちゃんの腰がくねりを増す。

「そ、そんな慌てた感じでしなくても……」

「ダ、ダメよ……弟より先になんて……い、いいから、素直に気持ちよくなってなさい！」

小さく叫びながら、きゅんと熱い柔ひだが強く締まる。

そんな姉ぶりたい所も可愛くて、俺は自然にその言葉に頷いてしまう。

「分かった、じゃあこのままっ……くっ」

「んんっ！　あっ、はっ、またそこっ、あぅっ、くぅぅんっ！」

欲望のスイッチを入れ直し、後はもうまっすぐ絶頂を目指してのピストン。

「あっ、あぁっ、硬いの……奥にっ、はっ、あぁぁぁぁっ！」

「で、出るよっ……姉ちゃん……くぅぅっ！」

しっかりと手を握り締めながら、俺は遠慮なく姉ちゃんの膣内に射精を始める。

「は……んんっ、もしかして、この感じ……？　あ……あぁ……んっ、んんんっ！」

途中から、その感覚を意識した途端、姉ちゃんの体も小さくブルっと震え、またひくんと膣壁が締まった。

「姉ちゃんも……イッたみたいだね……一緒だよ、これで」

「バ、バカ……ナニ、恥ずかしいこと言って……は……ふぅぅぅ……」

俺の言葉に照れながらも、その口元は幸せそうに笑みが溢れる。

同じ気持ちを共有できていると思うと、それだけで俺も嬉しくなった。

「んっ……ふぅ……はぁ、はぁ……」

ほどなく射精も落ち着き、俺達はどちらともなくじっと見つめ合う。

抽送は止まっていたが、まだ姉ちゃんの表情は赤みがかったまま、発情したように俺を見ている。

「ふふっ、さすがにケモノよね。まだ、オチンチン全然元気じゃない」

うっとりと呟きながら、体はそのままピストンをやり直し始めた。

くちゅくちゅと恥ずかしい音をさせながら、姉ちゃんは胸を突き出し、甘えるようにおねだりする。

「ねぇ、また、おっぱいもして……先っぽ、切ないの……んっ、も、揉んでぇ……」

「姉ちゃん……やらしすぎる……」

直接のリクエストに、再び繋がれた手はおっぱいへと移っていく。

既にピンとしこった先端を、ぎゅっと指先で摘まみ転がし、そのまま手のひらをいっぱいに使って両乳房を揉みたくる。

「あひんっ！　か、感じるぅ♪　おっぱいも、オマンコもっ……悠人にされるの気持ちいいっ」

ぐぽぐぽと精液と愛液をかき回す濁音に痺れながら、姉ちゃんは場所も忘れて喘ぎを漏らす。

「姉ちゃんのおっぱい柔らかいよ……なのに、乳首はこんなにコリコリになって……なんてエッチなんだ……」

「はっ、んんっ、し、仕方ないじゃないっ、か、勝手になるんだからっ……」

全身に新たな汗を浮かせながらのピストンは、全く勢いを失わず、早くも次に訪れる射精感が体を巡り始めるのが分かる。

「く……姉ちゃん……あぁ、ま、また……」

「はっ、んっ、ふっ、も、もう出るの……？」

「ご、ごめん……我慢したいけど……全然っ……」

「バカ……我慢なんかしないでいいのよ。いいから……出しなさいっ、また中にっ……ちゃんと子宮まで届くくらい……奥に、いっぱい……んっ、あぁぁんっ！」

中出しの指示とともに、柔ひだがキュウッと強くシャフトを扱く。

「ほらっ、は、早くっ……あっ、あぁんっ、アタシも……きちゃうからっ、んぁっ、オチンチン、は、早くぅ！」

「う……ぁっ、姉ちゃっ……！」

止まらないピストンと、切羽詰まった喘ぎの前に、俺はひとたまりもなく、再度の射精を始めてしまう。

「んぁぁぁっ……ま、また出てるっ……精液、子宮に……届いて……は、んぁぁ……こんなぁ……」

大きく体を震わせて、姉ちゃんが再び絶頂に悶える。

「あぁぁ……熱い……んっ、こんなに沢山出されたら……あぁ、赤ちゃんできちゃうのに……」

うっとりとした声音とともに、なおも収縮は止まらない。

「はぁ……んっ、あ……ふっ、イク……ま、またイってるぅ……あぁ、ま、まだ……動いちゃう……腰、止まらない……」

快感が途切れないまま、またも新たな刺激を求めて姉ちゃんのピストンが始まっていた。

「あれ？　そう言えばあーちゃん、どこ行ったの？」

「……っ！」

と、不意に、思ったより近い所でみあかの声が聞こえてきた。

「あー、何かトイレだって。お腹の調子が悪いとか」

「えぇー、食あたりとかヤだよ？　みぃ達もおんなじの食べてるのに～」

カレンの返事に、みあかは冗談めかしてけらけらと笑う。

「みあかさん……そこは、まず心配してあげるのが先なのでは……？」

近くにはゆかり先輩もいるのか、何となく話が聞こえるのが分かる。

「や、ヤバいよ……だ、大丈夫……姉ちゃん……さすがに……」

「は……んんっ、だ、大丈夫……も、もう少しだから……」

だが声は潜めつつも、くねる腰使いは止まらない。

すぐ近くにみんながいるにも関わらず、いや、いるからこそ余計に燃え上がり、姉ちゃんは淫らに腰を使い続ける。

「うぅ……こうなったら……」

「んんっ!?　あ……んっ、はっ……あっ、あぁぁ……はっ、あぁっ」

後はもう一刻も早く終わらせてやるしかない。

ぎゅっと握った手を引き込んで、密着状態を深めたまま、懸命に下から突き上げる。

そして――

「んんんんっ……んっ……くぅぅんっ……！」

お互いにこぼれそうになる叫びをぐっと堪えながら、体だけは変わらない射精と絶頂を重ならせる。

「は……んんっ……あぁぁぁ……あぁ……イクぅ……は……んんっ……」

小さな呟きとともに、ひくひくと蠢く秘唇がペニスから最後の精液を搾り取っていく。

「うぅ……姉ちゃん……これで、全部……っ」

恍惚のため息を漏らしながら、ゆっくりと体が倒れこむように重なり、そのまま僅かな時間抱き合って。

「ん……ちゅ……」

最後に重なった唇に、俺はすっかり魂を抜かれたような気分のまま、夢中で舌を絡ませ続けた。

第四章 そしてハーレムへ

「ふぅぅ～、今日も1日終わったか……」

性欲にまみれた合宿もいよいよ後半、大詰めになっていた。

（でも……ここにきて、みんな見違えるような動きになったよな……）

部員一人一人がエネルギッシュというか、精力的に練習をこなし、実戦力を身につけてレベルアップを続けている。

（これなら、大会もかなり期待できるかも……勉強会のお陰……なのかな？）

みんなの何よりのモチベーションになっているのが、練習が終わった後の勉強会。

ここの所は、本番が近いからということで、一人ずつのローテーションもなくし、ほぼ毎日ハーレム状態でのフル参戦。

今日も、早い段階で準備を言い渡され、実は既に栄養ドリンクも飲んでいる。

嬉しいような、大変なような……果たして今日は何をするのか――

「あ、悠人くん、お待たせ」

「お疲れ様です、桜子先生」

まさにそう思った矢先、桜子先生を先頭に練習を終えた部員のみんなが入ってきた。

そう、最初は間違いがあってはいけないと、俺の性欲発散を引き受けようとしていた桜子先生だったが——

勉強会のコトを知りさらにはその効果も知ると、いつの間にかメンバーに混ざり、それどころか率先してエロ指導をするようになっていた。

「今日は、他の活動部もないし、宿舎は自由に使えるわ」

「はは……そ、そうですか」

顧問特権をフルに活かして、場所を確保してもらえるのは、ありがたいような、心配なような。

「で……ちゃんとチンポ洗って準備してきた？」

「相変わらず、あけすけだな……カレン」

カレンの屈託のない言葉についつい苦笑しながらドリンクを渡す。

「でも、悠人くんのお陰でみんなの調子もいいみたい。今日もお願いね？」

「ゆかり先輩……はは、お手柔らかにお願いします」

最初は遠慮がちだったゆかり先輩も、今やすっかり勉強会を当たり前のようにルーチンに組み込んでいた。

「へへー、今日はお風呂で勉強会だよ。だから、みんなで洗ってあげるね！」

「お風呂……」

また、みあかが考えたんだろうか……色々想像して、ギンと股間がみなぎってくる。

「さ、分かったらちゃっちゃと行くわよ。ほら、早く」

「わわっ、姉ちゃん押すなって！」

そして、誰よりもやる気満々で、ありか姉ちゃんが俺の首根っこを掴んでくる。

キラキラと……いや、ギラギラと目を輝かせるみんなに囲まれ、俺はあっという間に風呂場へと押しやられていった。


「それじゃ……行くわよ、んっ……」

風呂へ連れられると、かけ湯もそこそこにタイルの上に寝かされ、その上にみんなが一斉にのしかかってきた。

すぐ隣に寝そべった姉ちゃんと唇を重ねると、舌が口内へと入り込んでくる。

「今日で特訓も最終調整だからね……れろ、んりゅ……だから、アンタの体もしっかりケアしてあげるって決めたのよ」

キスをしながら、ありか姉ちゃんが今日の趣旨を説明する。

「いつも頑張ってくれてありがとう、悠人くん。大したことはできないけど……んちゅ……」

そう言ってゆかり先輩が右の乳首を——

「リラックスして、いっぱい気持ちよくなってね、おにぃ……ちゅぅっ……」

さらには、みあかが左の乳首を吸ってくる。

「みんな……う、あぁぁぁ……」

いつもは乳首を吸う側だった俺が、今日は左右同時に乳首を舐められてしまってる。

チロチロと舌が蠢き、さらに指が胸板を這いまわり、妖しい痺れが上半身を包み込む。

「アタシ達は下の方……とりあえず、太ももから順番にね……んしょ……」

下半身には泡をまとったカレン。

「しっかり綺麗にしていくわ……楽にしていて……んっ、ふっ……」

その反対側からは桜子先生が、ぴたりと肌を寄せ合って、そのまま下半身を擦り始める。

「こーいうの、泡踊りってゆーんでしょ？　泡つけて……んっ、滑らせるカンジで……っしょ……」

カレンがずるりと太ももを擦ると、つるんと滑る肌に快感が走る。

「んっ……やっぱり、おっぱいが当たるといいかしら。して欲しい場所があったら言ってね？」

「は、はひっ……いや、あの、でも……お、おまかせで……うぅっ！」

桜子先生も、膝から腿の部分におっぱいを押し付け、その柔らかさにいきり立った肉棒がピンと跳ねる。

まだ、直接そこには触れられていない。だけど、じわじわと全身を巡る快楽が、完全にモノを充血させまくる。

「んふふ……情けない顔しちゃって……ちゅぱ、れろ……そんらに気持ちいいの？」

姉ちゃんが俺の舌に自分の舌を絡ませながら楽しげに聞いてくる。

「だ、だってこんな……五人がかりで、体中……んっ、うぅっ！」

「ふふっ、ホントはオチンチンもしてあげたいけど、そしたらすぐ出ちゃうでしょ？」

体中のあらゆる場所が心地よく、だけど、一番肝心な場所には届かない。

そんな生殺しのような状態で、全身が柔肌でもみくちゃにされていく。

「んはっ……でも、これ……あたしも結構ヤバいわ……」

「そ、そうね……んっ、体を滑らせてるだけで……すごく気持ちいいの……あぁっ……」

気がつけば、姉ちゃんとゆかり先輩は悩ましい吐息を漏らしながら、発情に声を震わせていた。

「ふふー、もっともっと感じさせたげないと。ぺろ……れる……ちゅぷ……」

「んふふ……全身がモジモジしてるの分かるよ。切なそうにして……かわいーじゃん」

みあかとカレンも、息をピタリと合わせ、くちゅ、ぬちゅと泡を弾けさせながらおっぱいを擦り付けてくる。

「あ、んんっ……悠人くん……もっと、気持ちよくなってね……」

さらには桜子先生も、そのたわわな乳房をしっかりと乳首もろとも押し付ける。

いっそう熱のこもったみんなのご奉仕に、ドキドキが止まらない。

そして、一番肝心のペニスは、天を向いたまま切なげに震え、いよいよ余裕をなくしていき――

「だ……ダメだっ、うっ、うぅぅぅっ、くぅっ！」

堪えきれずにビクンと腰が跳ね上がり、そのまま派手な射精シャワーを浴びせかける。

「ひゃあっ!? ウ、ウソ……触ってないのに……？」

「凄いわ……悠人くん……あぁ、ドクドク出て……」

姉ちゃんとゆかり先輩の顔に精液が飛び散り、二人は半ばの驚きと半ばの呆れの表情で、顔と股間を交互に見比べる。

「あ、あー何ていうかその、我慢できなくて……つい……」

「あの、絶倫おにぃが出しちゃうなんて、よっぽどだね……しかも、当たり前みたいにまだギンギンだし」

みあかの指摘通り、たっぷりの射精を果たしたペニスは全く勢いを失うことなく反り返ったまま。

「こうなったら、もう触っちゃってもいいよね？　まだ、出そうでしょ？」

「うくっ！　カレン……今はヤバいからっ、う、ぁっ！」

カレンが解禁とばかりに直に亀頭を扱くと、待ち焦がれていた柔指での快感に、続けて精液が迸る。

「んちゅぷっ、すご……ドクドク溢れてきてる……んりゅ……れろ……ちゅぷぅ……」

「あっ、カレンちゃんばっかかずるいー！　みぃも舐めるー！　れろぉっ」

「わ、私も……失礼して……ちゅ……んちゅ……れりゅ……」

カレンが、みあかが、さらには桜子先生までが、まるで餌付けの鯉のように亀頭へと群がり、精液を舐めながら竿をついばむ。

そんな、くすぐったくも優しい刺激は再び俺に劣情を漲らせ、改めて肉棒に力を与えて勃起を太くさせていく。

「れろ……んっ、結局こうなるのね……こうなったら、もう次行くしかないか」

「はぁ、はぁ……じゅ、準備って……？」

ありか姉ちゃんの言葉に反射的に聞き返すと――

「へへー、これからが本番だよ」

楽しげにみあかが言うと同時に、みんないそいそと体を起こし、揃って風呂場のタイルに手をかけた。


「おぉぉぉぉ……」

そこに現れたのは、圧倒的な迫力というより他にない絶景だった。

「しかしまた……いつも以上に……んくっ……」

みんなの剥き身のお尻が、横一線にずらりと並び、思い思いに揺れて俺を誘ってきている。

「さあ、誰からにする？　ほれ、誰でもよりどり選び放題よん？」

ぱっくりと割れ目を押し広げながら、カレンが挑発的に尋ねてくる。

「わ、私はいつでも大丈夫よ？　その、最初に味わってくれれば嬉しいけど、でも最後のお楽しみにするのもいいかも知れないし……」

続けてアピールしてみせるのは、その隣で既に発情しかけているゆかり先輩。

つんと伸ばされた足のラインが何とも言えない色気を醸しだしてたまらない。

「ちょっと、あんまりフラフラしてんじゃないわよ？　ま、まぁ、姉としては弟の面倒を見る義務はあるから？　困ったら、あたしからでもべつにいいけど？」

文句を言いながら、さり気なくアピールをしてくるのは中央に陣取ったありか姉ちゃん。

「ふふっ、みぃなら味見だけでもおっけーだよ？　いつでも気が向いたタイミングでオチンポ入れてくれればいーから」

お手軽さをアピールするように言いつつ、ふりふりとみあかのお尻が揺すられる。

「私は……どんな形でも構わないわ……悠人くんなら、きっとみんなのことを最後まで満足させてくれるだろうから……」

落ち着いた所作で、地味にハードルを上げてくるのは桜子先生。

大人の女性としての振る舞いが、この中では新鮮で逆に色々迷わせる。

「と、とにかく……徹底的にやるしかない！」

もういちいち迷っている場合じゃない。俺は腹を決めて、順番にとりかかる。

「姉ちゃん、もっと足を開いて。一気に行くよ」

「な、何よ……注文がうるさいわね。これで……んぁひぃっ⁉」

文句を言いつつも素直に足を開き切るその前に、肉棒が姉ちゃんの胎内を深々と貫く。

「あっ、んんっ、普通に……入ってるんじゃない……はっ、んぁぁ、ふっ……」

「ごめん、待ちきれなくて。でも、足開いてくれたから、もっと奥までハマってくよ、ほら……」

「んぁうっ……うくんっ……言わなくても、分かってるわ……こんな、深いとこまでぇ……ひん！」

姉ちゃんの中に入れると、何だか本当にホッとする。

温かくぬめって、狭すぎず広すぎず、ピッタリとペニスに馴染む柔らかさは帰ってくるべき場所のように思えてくる。

「深い所に好きな場所あったよね？　いっぱいしてあげるから」

「んひっ！　奥っ……ごりゅごりゅくるっ、ひっ、あぁっ、んぁぁん！」

「うくっ……ここだね、食いつき方が全然違うよ……気持ちいい？」

「あっ、あぁっ、気持ちいい！　悠人のオチンチンでかき混ぜられるの、気持ちいいのっ！」

もう今は快感を叫ぶことに何のためらいもない。そんな姉ちゃんと、しっかりと体を密着させ、パンパンと卑猥な音を響かせながら淫肉をかき回す。

「あぁっ、気持ちいいよっ、姉ちゃんのオマンコ……ギュッと締まって……もう出るから！」

「いいわ……姉ちゃんのオマンコに……悠人の熱いザーメンっ、いっぱい出しなさいっ！

このまま届けてっ、子宮の奥までいっぱいにしてぇっ！」

「出すよっ……姉ちゃん……ぅぅぅっ！」

「はぁぁぁぁっ！　あっ……びゅくびゅくきてる……入って、くるぅ……！」

こつんと子宮口にまで鈴口を押し付け、そのまま受精目指して射精する。

「んぁぁぁぁ……出てる……あぁ、悠人の赤ちゃんできちゃうよぉ……」

ぶるぶると自らも絶頂に体を震わせ、姉ちゃんはうっとりとした表情で俺を見る。

「綺麗だよ姉ちゃん……」

「あっ、悠人……んちゅ……あむ、んふぅぅ……」

振り返る姉ちゃんの口内に舌をねじ入れ、繋がったまま唾液を交換する。

「らめ……あらひ……も、もぉ……はふぁ……」

最後はがくりと脱力し、姉ちゃんは大股開きのままだらしなく崩れたところで、今度はゆかり先輩に狙いをつける。

「それじゃ、ゆかり先輩……いいですね？」

「はっ、はいっ、どうぞ……入れて……オマンコ下さい……はっ、んんんっ！」

　望まれるままに肉棒を沈めて、勢いよくゆかり先輩の膣内をかき分ける。

「あぁぁっ、入ってきたわ……太いの、んっ、ぬぷって……すごい音しちゃうぅ……」

「ヌルヌルですね……ゆかり先輩の中。かき混ぜがいがありますっ……」

「ひぅん！　あぁっ、混ぜてっ……太いオチンポっ、もっと強くかき回してっ、あひぃっ！」

　今やそこに清楚なお嬢様の顔はない。ただ、欲望に正直に悶える牝の顔がそこにある。

　それでも、ゆかり先輩の美しさが穢されているわけじゃない。むしろ、ますます綺麗に、素敵に色づいた表情で楽しませてくれている。

「どんどん溢れてきますっ……汁をいっぱい掻きだしてあげますからっ」

「あぁっ、そんな恥ずかしいことっ……！　で、でもっ、嬉しい！　悠人くんに、お汁飛ばしてっ、オマンコまた飛んじゃうっ、ひぁぁんっ！」

　さっきの姉ちゃんとのセックスを間近に見て、ゆかり先輩もはしたない言葉で興奮していた。

「ゆかり先輩もすっかり普通にオマンコって言えるようになりましたね」

「えっ!?　そ、それは……べつに恥ずかしくなくなったわけじゃないのよ……で、でも……」

「気持ちよくなっちゃうんですね」

　先回りして答えを言うと、キュウっと返事の代わりに肉穴が締まった。

「なら、今日はいっぱい言っちゃいましょう。ほら、今はどこが気持ちいいですか？」

「なっ……そ、そんな急に言われても……」

「言えないと、もうやめちゃいますよ～？」

「あ……そ、そんなっ……あのっ……オ、オマンコ……」

　肉棒を抜く素振りを見せると、ゆかり先輩は顔を赤らめつつ、慌てて恥ずかしい言葉を紡ぎ出す。

「んくっ……今、またキュッと締まりましたよ。どこですか？」

「あぁっ、オ、オマンコ！　あぁっ、は、恥ずかしいわ悠人くんっ、こ、こんなの……あひっ！」

「でも、気持ちいいでしょう？　最後の特訓です。度胸付けだと思って、どんどん言うんです。ほらっ」

「あぅんっ！　オマンコッ！　ひぁんっ、恥ずかしいのにっ、あぁっ、オマンコぉ！」

　顔どころか、全身を真っ赤にさせて、ゆかり先輩が卑猥な言葉を連呼する。

「最高ですよ……ゆかり先輩っ、このまま奥に出しますからっ！」

「んぁぁんっ！　あっ、きてっ、出して！　オマンコに！　悠人くんの精液ビュルって出して孕ませてぇっ！」

「う……んむっ！」

　勢い衰えず流れ込む白濁が一瞬で胎内をいっぱいにし、その感触にゆかり先輩も絶頂の叫びとともに体を震わせる。

「はぁぁぁんっ！　イク……んんっ、オマンコイってるぅ……悠人くんの受精して……お母さんになっちゃう……はぁぁ……」

恍惚にぎゅっと目を閉じ、なおもひくひくと秘唇を蠢かせるゆかり先輩。

名残惜しい気持ちを振り切り、俺は続けてみあかのお尻に近づいていく。

「みぃ、ずっと我慢してたかな？」

「あっ……おにぃ。うんっ……ずっと待ってたよ、あ……んんんん……」

敢えてゆっくりと挿入を果たすと、早速熱い収縮が俺の竿を歓迎する。

「んむっ……凄いな、ぎゅっと締め付けてくる……」

「んふふぅ……密かに練習してたオマンコ肉の新テクだよっ……あふっ！」

その言葉通り、肉棒の上の方と下の方で微妙に感覚が異なり、新鮮な快感が脳裏に染みる。

「えへへ、おにぃに喜んでもらいたいもん……んっ、自分も感じちゃうのが……玉にキズだけど……」

「そんなの遠慮せず感じればいい。喘いでるみぃの声を聞くのは大好きだからな」

「あぅんっ、そんな風に言われたら……すぐ気持ちよくなっちゃうよぉ……あぁん！」

いつでも素直に気持ちをあらわにしてくれるみあかの反応は、本当に可愛くて、愛おしかった。

「可愛いぞ、みぃ……俺も、もっともっとしてやるからな……」

「んはっ、あひっ、か、可愛いなんて言われたらっ、あぁっ、みぃ、またっ、あっ、我慢できなくなっちゃう！」

リズミカルな抽送に合わせて訪れる収縮に、俺も俄然興奮し、みあかというじゃじゃ馬を思うままに征服する。

「いいぞっ、その調子だみぃっ。このまま一緒にイッて中出しだからなっ」

「あふっ、みぃもイクからっ、出してっ、おにぃの赤ちゃんの元っ、みぃのオマンコにぶちまけてぇっ！」

ぐっと背を反らしながらの絶頂に、遠慮なくたっぷりの精液を流し込む。

「ふぁっ……しゅごぃ……おにぃの熱いの……いっぱい、れてるぅ……はひぁぁ……」

ビクンとわななくお尻は、それだけみあかの快感の強さを知らせるようで――

「あっ、や……んんっ……ふぁっ……あ……だ、ダメ！」

次の瞬間、ブルっと小さく体を震わせ、結合部からじゅわりと雫が垂れ落ちる。

「……ん？　どうした、大丈夫かみぃ？」

「う……ぅん。あ、あのね……ちょ、ちょっとだけ漏れちゃった……」

そっと俺の顔に口を寄せ、みあかは消え入りそうな声で小さく呟く。

「よく我慢したなみぃ。後でこっそり出してもいいぞ？」

「も、もぉ……おにぃのバカ……」

真っ赤な顔で拗ねたように言うみあかが可愛くて、俺はその背中に小さくキスをしなが

ら、また位置をずらしていく。

「お待たせ、カレン。楽しもうか」

「ふふっ、いーよ。アタシのオマンコ、思いっきり楽しんでよね……んっ！」

明るい調子のカレンの中は、やはりじゅくじゅくに熟しきり、熱くねっとりと絡んできた。

「相変わらず内側も外側も火照ってるな……汗がいっぱい浮いてきてる」

「んっふ……風呂だとラクでいーよね。気にせず汗かき放題でさ……」

そんなカレンの肌心地は、ぬるっとほどよく滑り、くっついているだけで気持ちいい。

「普段だってそんなに気にしてないだろ。でも、俺も遠慮なく汗をかかせてやれるな」

「うん、いっぱいくっついてよ……汗かきたいし……はぁん、太いのイイっ……！」

いつも以上に体を密着させ、ドキドキとともに、二人の熱を共有する。

トロトロの中心を何度も往復させると、自然に汗も滲み出し、自分のそれと混ざっていくのが何とも言えず心地いい。

「はっ、ふっ、この繋がってる感じ……すごくいいの……もっとチンポくっつけてぇ……」

「こうだな……？　あぁ、ザラザラしてる襞のとこ、気持ちいい……」

「んふんっ！　そ、それっ……はっ、んぅぅっ、ヤバいよ……ジンジンする……んんっ！」

カレンの好きな場所を貫いてやると、声に余裕がどんどんなくなるのが分かる。

「カレン……俺もカレンのオマンコの中、気持ちいいよ」

「あふっ、それ……言われるだけでうれしーよっ……んぁっ、気持ちいい♪　チンポ突いてっ、オマンコグリグリきてっ、あっ、ひぁんっ♪」

心からセックスを楽しんでいる……そんなカレンの嬌声に、俺もヒートアップするばかり。

「くぅっ、や、ヤバいっ……カレン！　あぁっ、で、出る！」

「んぁぁぁぁぁぁっ！　そ、そぉっ……これぇっ♪」

たまらずビュクンと溢れる射精に、カレンの表情が快感に蕩ける。

「あっ、あぁ……ドクドクって……今も届いてきたっ♪　んっ、ふっ、アタシ……ママになっちゃうんだ……」

「カレン……」

「出して……んっ、もっと出してぇ……オマンコいっぱいにされるの、さいこぉ……」

いつでも素直に自分の快感を口にするカレンは、幸せそうに愉悦の声を震わせる。

「んっ……ふっ」

「あふっ……あ……オマンコ閉じない……溢れてきちゃう……でも、それも気持ちいい♪」

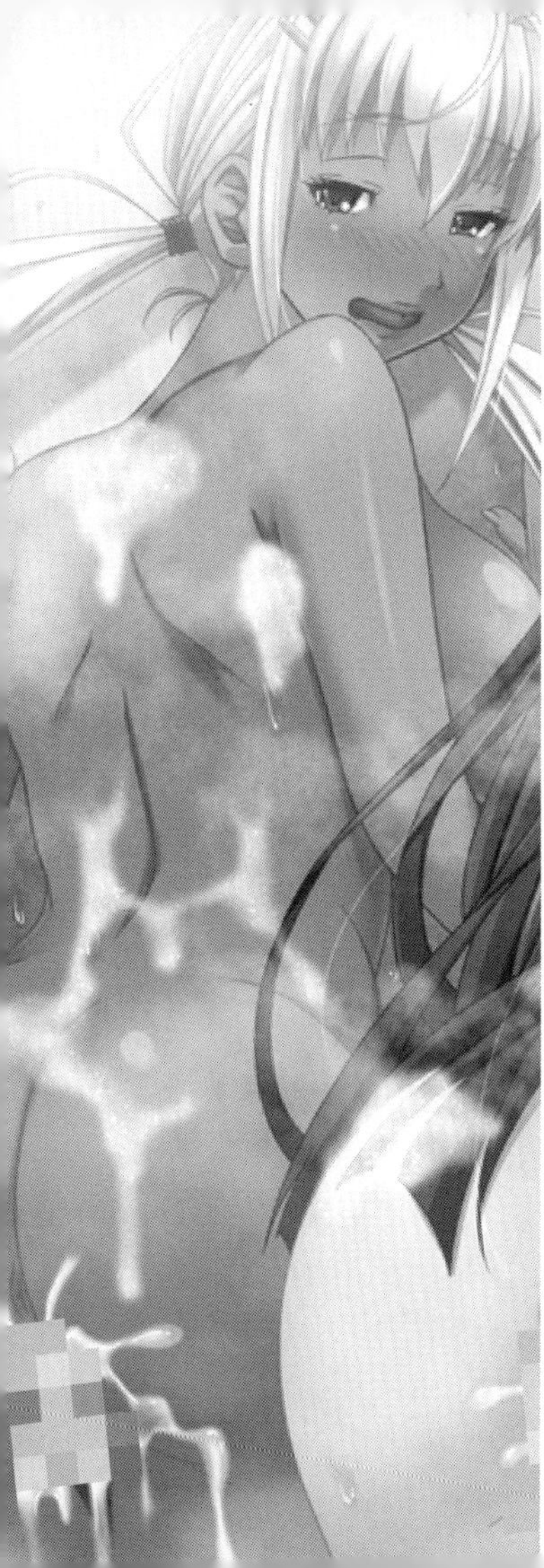

結合が解かれ、ドロリと溢れる精液の感触までも楽しみながら、カレンは最後まで種付けセックスの味に酔い痴れていた。

そして、いよいよ最後……桜子先生に狙いが定められる。

「桜子先生……お待たせしました」

「悠人くん、すごく頑張ったわね……んっ、きて……あ……ぁっ……」

勢いよく腰を沈めると、優しく全体を包み込む感触がいっぱいに広がる。

「はぁぁぁ……だ、大丈夫かしら……私、ゆるゆるになってない……？」

「ゆるゆるなんてとんでもない。こんなにキュッと吸いついてきて……凄いですよ……」

不安そうに言う桜子先生とは裏腹に、肉棒にはいやらしい粘膜がしっかりとへばりついてきている。

「出し入れしていきます。体、支えてて下さい」

「えぇ……お手柔らかにお願い……んっ、あぉんっ！　うくぅぅんっ！」

しっかとお尻の肉を掴みとり、いきなりのハイピッチで腰を打つ。

「あぁっ、ズボズボくるぅっ！　子宮まで……んぐっ、串刺しにされてぇっ……はぁんっ、いっぱい埋まってるぅっ！」

一切の小細工なしで、ストレートに桜子先生の襞をこね回す。

ざらついたGスポットがぐじゅっと音をさせて擦れる度、新たな愛液が結合部から溢れて垂れていく。

「はっ……あぁっ、すごく幸せぇ……またお汁出ちゃうっ……オマンコドロドロにさせられちゃうっ、あひんっ、オチンポそこぉ！」

すっかりと前後不覚に乱れながら、桜子先生の腰使いが激しさを増していく。

「熱いです……先生の中……温泉に入ってるみたいで……」

「んっ、先生も……すごく熱を感じるわ……体……もっとくっつけて……」

「はい。おっぱいも……失礼しますね」

「あふっ！　んっ……あぁっ、握ってぇ……おっぱいも、むにゅってしてぇ……」

自然に伸びた両手が、たわわな両乳房を握り締めつつ、さらにピストンが速くなる。

「あっ、先っぽ敏感にさせられてぇ……あっ、オマンコ一緒にされたらっ、あっ、んぁぁあんっ！」

敏感な場所を同時に責められ、さらに上擦りを増していく桜子先生の嬌声。

既に何発も出して麻痺している筈の肉棒も、ひくんと強く締め付けを受けて、またすぐに甘美な疼きに包まれる。

「あぁっ……悠人くんっ、オチンポ震えてっ……も、もうすぐなのっ⁉」

「はいっ……このまっ……先生の中に出ちゃいますからっ！」

「あぁっ、いいわっ……きてっ、孕ませてっ……私に……悠人くんの赤ちゃん産ませてぇっ！」

あられもない切なる叫びに、俺ももう止まらない。

「出ます……桜子先生っ……！　く……ぅぅぅっ！」

「んぁぁぁぁぁぁぁぁぁんっ！」

ぎゅっとおっぱいを握り潰すようにしながら、ドクドクと桜子先生の子宮に精液を届けていく。

「あぁ……んんっ、いっぱいになってる……悠人くんの凄く濃くて粘っこいのが受精しちゃってる……あぁ、イクぅ……」

うっとりと絶頂に声を震わせながら、俺の精液を受け止めてくれる桜子先生。

「はっ、ふっ、はぁっ、はぁっ、あぁ……はぁっ、んはぁ……」

射精が落ち着き、肉棒が引き抜かれても、まだ桜子先生は悩ましい吐息をこぼしながらうっとりと余韻に浸っていた。

「はぁ、はぁ……はぁ……やらしいよ……みんな……」

そして眼前には、中出しされて股間からどろりと精液を垂らす五つのお尻。

その艶めかしい光景に、俺は自ら肉棒を扱きたて、とどめの射精をその裸身にぶち撒ける。

「んぁぁぁぁんっ！　熱いの……出てっ……あたしもまたイクぅんっ！」

降り注ぐ精液をお尻にへばりつかせ、姉ちゃんが絶頂の叫びを上げる。

「あぁ……今日もまたこんなに匂いが染みこんで……悠人くんもっとかけてぇ……」

オスの精臭にうっとりとして、ゆかり先輩が追加を求めてくれれば――

「はぁぁ……アタシも変になりそぉ……ザーメンシャワー好きぃ……」

カレンもまた、ブルッとお尻を震わせて粘液の快感に浸っている。

「いっぱい出したね……おにぃ、逞しいんだ……」

みあかは改めて俺を何だか尊敬の眼差しで見つめ——

「お疲れ様……悠人くん。本当にありがとう……」

桜子先生は、こんな時でもらしさを失わず、笑顔でお礼を言ってきた。

「んっ……これで……ひとまず、終わりっ」

そしてみんなに向けて、最後にもう一発精液をぶち撒けてようやく一息。

「みんな、大会頑張って……きっといい結果が出るって信じてる」

絶頂にうっとりするみんなの姿を見つめながら、俺は静かにそう呟いた。

＊　＊　＊

そして、めくるめく合宿が終わり、あっという間に本大会がやってくる。

自信に満ちた特訓の成果……ここまでくれば、もうそう言っても差し支えないだろう。

我らが竜舞学園テニス部は、なんと団体戦優勝。

さらに個人戦でも、姉ちゃんとゆかり先輩が決勝で一騎打ちとなり、僅差で姉ちゃんが優勝した。

周囲の期待というプレッシャーを見事跳ね除けて、予想以上の躍進にみんな大喜び。

俺も、俺なりの役目は果たせたのかなと、そんなことを思いながらカメラを構える。

「じゃ、みんないいかな？　撮るよー、はい、チーズ！」

みんなの充実した笑顔を、一枚の写真に残す……その光栄な役目を任される幸せを噛み締めながら、俺は勢いよくシャッターを切った。

＊　＊　＊

そして――

結局、誰か一人を選ぶことができないまま、みんなを平等に愛する日々。

最初は少しハードに感じたりもしたけれど、慣れれば濃密で充実した毎日でもあった。

入念な種付けの甲斐もあり、女の子達はみんな同じ時期に妊娠。

今も、互いに助け合いながら、幸せな日々を送っている。

そして、今日もまた……至福の時間が始まろうとしていた。

「ええと……みんな準備……よさそうかな？」

「ええ、もうみんな待ちきれなくて仕方ないわ……」

俺の問いかけに代表して桜子先生が、興奮を隠せない色っぽさで返事をした。

今、俺の目の前にはキングサイズのベッドにずらりと並んだ、五人の裸身が見えている。

美しい全裸体を披露する彼女達のお腹は、例外なく俺の子を宿し、どこか神秘的とさえいえるような膨らみを見せていた。

「皆さん……分かっていると思いますけど、私達の体はようやく安定期に入りました。これで、再びセックスも解禁になりますが、くれぐれもあまり無理はせず……」

「はいはい、センセこそあんまりハメを外して乱れすぎないようにね」

相変わらずの仕切りを、カレンはいつものノリで茶化していく。

「ふふっ、でもみぃはせんせーがハイになって出てる声、結構好き」

「も、もうっ！　カレンさん、みあかさんも。大事な話をしているんですよ？」

足を広げたあられもない格好でも、桜子先生はいつも真剣だ。

「でも……先生。適度な運動をした方が、母子ともに健康にはいいんですよね？」

「なら、悠人がうまくやってくれるでしょ。あたし達の体調も、きっちり把握してくれてるし」

ゆかり先輩と姉ちゃんは、信頼の表情で俺にそう目配せをする。

「まぁ……それもそうかしら。悠人くん、そういうことで、気をつけてお願いします」

改めて桜子先生に釘を刺され、俺は頷きながら周囲を見渡す。

「分かりました。で……今日調子悪そうな人は……いないですね」

無理はさせられない……それは絶対に間違いないところだが、みんな、しない方が体調を悪くしそうな……そんな雰囲気になっている。

俺にしても、何ヶ月ぶりかの本番セックス。既に肉棒はギンギンにいきり立ち、みんなに入れたくてウズウズしている。

「それじゃいくよ。約束してた順番通りだからね」

もう余計な言葉は必要ない。俺は、まず中心の姉ちゃんに体を近づけていく。

「んんんんっ！　あっ……き、きたぁ……はっ、あぁぁぁんっ！」

ずぷりと肉棒が沈み込み、姉ちゃんが喜悦に声を震わせる。

「うぁ……ヌルヌルだ……姉ちゃんのオマンコ、ずっと待ってたんだね」

「あ、当たり前よ……んっ、どれだけお預けされたと思ってんのよぉ……はぅんっ！」

ねっとりと熱い蜜液とともに迎えてくれた膣内は、久しぶりの挿入にひくひくと蠢きを止められない。

「姉ちゃん……動いても大丈夫？」

「んっ……ゆ、ゆっくりね。じゃないと……アタシ、ホントにすぐイッちゃいそう……ふぁ……」

言われた通りにゆっくりするが、そのぶんしっかりとめり込む感覚が秘唇に広がっていくんだろう。

「あっ、んひぃっ、あぁっ、これっ……すごいっ、オチンチンすごいっ！」

ぷるんと膨らんだお腹を震わせながら、たちまち姉ちゃんはみんなの前で痴態を晒す。

「すごく吸いついてくるよ……姉ちゃん。オマンコよすぎ……」

めていく。

「あぁっ、だってっ……ずっと待ってたから……オチンチン埋まってくの、たまんないっ！」

もう強がることもなく、姉ちゃんは緩やかなピストンに嬌声を響かせ、どんどん上り詰めていく。

「はっ、ふっ、んんっ、や、やだ……もうイッちゃう……あっ、もっとしたいのにっ……腰が止まらないっ……ひっ、イクッ……あぁんっ、イクぅっ！」

結局、さほど激しい抽送をするまでもなく、姉ちゃんは小さく体を震わせ、一気に絶頂へと達してしまった。

「久しぶりだったからね。ちょっと休んでてもらって、次はゆかり先輩……行きます」

「は、はい！　ど、どうぞっ！」

乱れに乱れた姉ちゃんを隣にして、ゆかり先輩も少し緊張気味に声を上げる。

「大丈夫です、リラックスして下さい。じっくりしますから……」

「んっ、く……んんんっ……あ……ふぅぅっ……」

慎重に腰をめり込ませていくと、にゅるんと滑るようにして勃起が奥へと嵌（はま）り込んでいく。

「んふぁ……あぁ、そ、そう……この感じ……思い出したわ……んんんっ！」

やはり数ヶ月ぶりの挿入を受けて、ゆかり先輩も小さく声を震わせる。

「お腹の赤ちゃん……びっくりしますかね……加減が難しいな……」

「んっ、でも、大丈夫よ……私の体……こんなに悦んでるんだもの……赤ちゃんも、パパのことを傍に感じて嬉しいと思うわ……」

「分かりました。じゃあ遠慮なく……」

ゆかり先輩らしいおねだりの言葉に、改めて緩やかなピストンを開始する。

「あっ、あっ、んぁ……よく分かるわ……久しぶりの広がっていく感じ……んあっ、よ、よすぎるぅっ！」

ぬちゃぬちゃと腰を振る度に響く愛液の音が、更なる潤滑剤として出し入れを激しくさせていく。

「だ、ダメっ……こんなの我慢なんかできないっ！　私も……イクッ、あひぅっ、イ、イッちゃうぅんっ！」

やはり長くはもたせることができず、ゆかり先輩もあっさりと絶頂に達してしまった。

「はぁ、はぁ……んっ、ごめんなさい……後はみあかさんに続きを託すわ……」

「うんっ、ちゃんとゆかり先輩のバトン受け取るよ。おにぃ、きて」

「みぃ……よし、入れてくぞ」

そっと肉棒を引き抜き、続けて今度はみあかの中に。

「ふっ……んんっ……あ、あぅぅぅ……」

グッと肉洞をこじ開けると、みあかもすぐに表情を蕩けさせ、体をピンと跳ねさせた。

「ホ、ホントだ……あぁ……おにぃのオチンポ……こんなに凄かったんだぁ……」

自分はもう少し長くさせようと目論んでいたのかもしれないが、秘唇を満たす感覚に、すぐにじゅわりと愛液を溢れさせる。

「みぃ……動くからな？」

「んっ、うん……して。みぃも……ズンズンして、いっぱいイカせてぇ……ひゃん！」

求めの言葉と同時に、みあかの膣道をかき混ぜる。

「あぁっ、オチンポ届いて、擦れてるぅ……また毎日、これでズボズボしてもらえるんだぁ……あひんっ！」

「ま、毎日……久しぶりなんだから、もう少し落ち着いてだな……」

「だって……こんなのガマンできるわけないよぉっ……もうしていいんだから……ちゃんとオマンコしてもらうのぉっ！」

当然の権利だと主張するようにしっかりとしがみつき、みあかも合わせて腰を振る。

「全く……ママになっても甘えん坊は変わらないなっ……」

心地よい摩擦を亀頭に感じながら、俺もみあかの膣奥を突き回す。

「はっ、んんっ、いいっ！　あぁっ、も、イクっ……みぃ、イッちゃう、はっ、あぁぁぁんっ！」

やはりあっけなくみあかも絶頂に達し、そのまま俺は結合を解くと、続けてカレンに狙いを定める。

「みんな凄いね……アタシもあんな風にさせられるのかな……」

「不安か？　カレン」

「ふふっ、まさか。フツーに楽しみだから、遠慮しないでチンポ入れて♪」

くぱっと割れ目を押し開くカレンに、もちろんブレーキなんかかけられない。

「んんっ！　あっ……コレだわ……んふぅっ、おかえり悠人のチンポ……」

「え、ええと……ただいま。で、いいのかな」

カレンらしい受け入れ方に苦笑しつつも、火照った体の感覚は帰ってきた気分にさせられる。

「ほらぁ……しっかり動いて。ヒクヒクさせてるチンポ、ちゃんとオマンコに絡ませてぇ……」

「分かってる。これで……どうだっ？」

「あんっ！　そ、そうっ……久しぶりぃ……熱いの……体……燃えてくるぅっ！」

暑がりのカレンは、肉棒から広がる熱にたちまち汗を滲ませ、はぁはぁと犬のように舌を出す。

「やっぱ……これじゃないとアタシダメだわ……あぁっ、もっとぉ……んく！」

「んっ……カレン、そんな催促するみたいに締め付けて……」

「あぁっ、だって……気持ちいいんだもん……あぁっ、長くしたいのに……すぐイキそうっ……はぁあっ！」

グッと肉棒が引き抜かれる瞬間に、ぷるんとお腹を震わせて、カレンがはしたなく身悶える。

「はっ、んっ、あぁ……悠人……赤ちゃんにも届けて……太いチンポ、コンコンってノックしてぇ……」

「ノック……んっ、こ、こうか？」

「んぁっ！　そ、そうっ、あぁっ、赤ちゃんも喜んでるっ……パパにしてもらってっ、ひぁぁんっ、イ、クゥゥゥゥ！」

たちまち体を震わせながら、カレンもあっけなく絶頂に達した。

「は……ひぁ……やっぱ、無理だった……せんせぇ……後、任せたからぁ……」

「カレンさん……んっ、わ、私で最後ね……」

次々と絶頂に達していく教え子を目の当たりにして、桜子先生も緊張に息を呑む。

「桜子先生……大丈夫です、そんな無茶なことはしませんから」

「悠人くん。ええ、分かってるわ……私にもお願いします」

「はい。それじゃ……」

最後になった先生に頷き、やはり静かに肉棒を沈めさせていく。

「あぁぁ……んぅっ、は……あぁぁん……あっ、は、入ってくる……！」

今までに入れたみんなと、また少しだけ違う挿入感が、ぬるんと竿全体を包み込む。

「本当に久しぶりの感じだわ……じわじわって……あったかくなるの……んぅう……」

「俺もみんなからいっぱい熱をもらってます。もう少し奥まで行きますから……」

「んんっ！　ふっ、んくぅぅ……あっ、くるっ、あ、熱い……オチンポ深い所まで……くうぅ……」

じっくりとした抽送が始まると、ぷるんとおっぱいを揺らして、桜子先生が身悶える。

「あぁ……不思議だわ。前よりもっと感じるみたい……あっ、そこっ、そこぉ！」

「Gスポットですね。確かに、俺も前よりざらついた感じがよく分かる気がします……」

ぐっと押し込んでいく度に、亀頭を擦る特有の感覚がより強く意識されていく。

さすがに五人目になると、もう俺のペニスも射精感が近づいてあまり余裕は残っていない。

「んっ、あっ、ビクビクしてるの感じるわ……はっ、んんっ、あぁっ、一番奥っ、突いてっ、抉ってぇっ！」

とめどなく愛液を溢れさせながら、きゅんっと柔肉を締め付けて乱れる桜子先生。

求めに応じて腰を振ると、いよいよその声は高らかに上擦っていく。

「ひっ、あっ、私も、もうイクっ……あひんっ、オマンコもうだめぇっ！」

そのまま肉棒が子宮を小突くと同時に、ビクンと背すじを仰け反らせ、桜子先生も絶頂に達していた。

「は……ふぁっ、こんら……きもひよすぎるの……あひぃ……らめぇ……」

快楽に呂律（ろれつ）を怪しくさせながら、小刻みに痙攣する先生からペニスを引き抜く。

もう俺の快感の蓄積もほとんど限界同然。後は、することは一つしかない。

「はぁ……ふぅ……みんな、こっちを向いてっ……ぶっかけるよっ！」

高揚した気分のまま、最後の一擦りをして、俺はみんなのボテ腹に向けて射精した。

「あふぅんっ！　あぁっ……ザーメンシャワー、始まったわ……」

「熱いの……んっ、こっちですっ……あぁっ、かけて……お腹にもっといっぱい……！」

勢いよく飛び散った精液が、まず桜子先生とゆかり先輩のお腹をべっとりと汚す。

「まだまだ……こっちにもっ！」

「んんんっ！　あ……んぷっ、ホントに節操なく出してっ……んぁ、顔にまで飛んできてるじゃない……」

さらにおっぱいから顔の方にも精液を飛ばされて、姉ちゃんは面食らいながらも、積極的に舌を伸ばす。

「みぃに……カレンも……お待たせっ……ほらっ！」

「あぁぁんっ……おにぃのせーえき……べとべとぉー、あはっ」

みあかが、粘っこい感触を指で弄べば——

「ちゅぷ……タフなチンポ、いーよね……サイコー♪」

カレンは舌なめずりをして、俺の精液を味わっていた。

そして、誰ともなくみんなが一斉に体を起こし、俺の勃起の前に顔を近づける。

「出すよ……これで、全部っ……おぉっ！」

「あぁぁぁぁぁぁぁぁぁぁぁんっ！」

もう一度、みんなの絶頂の声が重なり、汗と精液と愛液にまみれた濃密な空気が俺達を淫靡な世界へと誘っていく。

みんな、俺のことを愛してくれているし、俺もみんなのことを深く愛している。

いろいろ迷ったけど、やはりこの道を選んで間違いはなかった。

これからもお腹の子供達も含めて、みんなを愛していこう。そう心に決めて。

「好きだよ、みんな……」

短い言葉に、俺の奥さん達は幸せそうに微笑むのだった。


（完）

K-TOK
けーとく

ひょんなことから、2014年に発売された原作の
ノベライズのお話をいただき、3年ぶりに
マイペースで脳天気、でもいつでも一生懸命な
処女ビッチさん達と向き合うことになりました。
当時、タイトルの処女ビッチという言葉を
メーカーさんから聞かされた時に、
？？？と頭に疑問符が浮かびまくったものでしたが、
今ではＯＫこんな感じですね！
なんてイメージできるから不思議なものです。

普段ゲーム畑で仕事をしているもので、
若干スタイルの違うノベルの構成は少し悩ましい
ものがありました。特にボリュームの壁は高く、
あーでもないこーでもないと取捨選択を迫られ、
色々とアドバイスも頂いてどうにか
形にまとめることができました。
もし少しでも気に入って頂けるものがあったなら、
ぜひゲームの方も遊んでみて下さい。
変わらぬ頭の悪さで、彼女達がお出迎えしてくれる
と思いますので。

最後にこの場を借りて機会を下さったマリン様と
パラダイム編集部のＹさんにお礼申し上げます。
皆様とも、またいずれかの機会にお目にかかる日が
あれば幸いです。

オトナ文庫

処女ビッチだらけのテニス部合宿！

アタシが処女だって証拠がドコにあんのよ!?

2017年 3月10日　初版第１刷 発行

■著　　者　K-TOK
■イラスト　金城航
■原　　作　マリン

発行人：久保田裕
発行元：株式会社パラダイム
〒166-0011
東京都杉並区梅里2-40-19
ワールドビル202
TEL 03-5306-6921

印 刷 所：中央精版印刷株式会社

OB-064

著 布施はるか
画 スカイハウス
原作 ルネ
定価 750円+税
美少女たちが集う壮麗な学舎に
ただ一人放り込まれた少年……
被虐の日々は仕組まれたものだった！
巨乳令嬢MC学園
2017年春発売予定！